KB044493

상무주 가는 길

상무주 가는 길
上 無 住

사진가 김홍희의 다시 찾은 암자

불광출판사

책을
펴내며

저 높은 곳을 향하여

암자를 처음 가게 된 것은 순전히 『암자로 가는 길』을 쓴 정찬주 선생 덕분이다. 1995년, 선생은 「중앙일보」에 '암자로 가는 길' 연재를 시작하며 거기에 걸맞은 사진가가 필요했다. 그는 당시 샘터사에 근무했고 나는 「샘터」에 연재를 히고 있을 때였다.

평소처럼 함께 저녁식사를 하던 어느 날, 그에게 사진 한 장을 보여주었다. 대한항공 기내지 「모닝캄(MorningCalm)」에 실린 범어사 사진이었다. 사진을 본 정찬주 선생이 사진에서 기계냄새가 나지 않는다고 평하며 암자 취재를 같이하자고 제안했다. 이 선의로 나는 전국의 암자를 정찬주 선생과 함께, 아니면 홀로 떠돌아다니게 되었다.

1980년대 중반부터 1990년대 초까지 이어진 일본 유학은 나를 여러 가지로 혼란스럽게 했다. 무엇보다도 작가의 정체성이 전혀 확립되지 않았다는 것, 그리고 그럴 수 있는 우리 정신의 지적·정신적 원류의 충족 기회가 전혀 없었다는 것을 자각했다.

유불선(儒佛仙)을 익히지 않고는 한국적 사유를 발현할 수 없음을
알게 된 즈음, 정찬주 선생의 제안은 나의 지적 물꼬를 틔운 사건이
되었다. 모태 신앙의 크리스천이 불교를 접하고, 유교를 만나고,
도교를 익히는 기막힌 계기가 된 셈이었다. 크리스천인 내가
불교 사진 찍는 것을 의아하게 여기는 분이 있는데, 예수님은
분명히 원수를 사랑하라고 했다. 불교나 불교신자는 나의 원수도
아니거니와…. 그리고 나는 CC(크리스마스 때만 예배당에 빵 받으러 가는,
크리스마스 크리스천)다. 그렇다고 내 믿음을 의심치는 마시라.

아무튼 정찬주 선생 덕분에 불교도 공부하고 동양철학도
공부하게 된 것은 참 복 받은 일이다. 이 책의 서문을 빌려
감사 인사를 전한다. 그리고 이 책『상무주 가는 길』을 찍고 쓰게
된 것 역시 순전히 정찬주 선생 덕분이다. 말을 빙빙 돌려서
좀 멋지게 하고 싶으나, 도무지 내 성향에 맞지도 않거니와
그런 생각이 떠오르지도 않는다.

이 책을 써야겠다고 결심한 것은 우선 재미있는 글을 쓰고 싶은
마음에서다. 우리는 종교를 두고 너무 경건주의에 빠져있다.
나는 그 꼴이 보기 싫었다. 그리고 또 하나는 사진이 글을
보조한다는 일반적인 생각에 대한 반감에서다. 사진과 글이
제 할 노릇을 하면서 같은 자리에 있으면, 하나의 주제를 향해
엄청난 시너지 효과를 일으킨다는 것을 아는 사람이 별로 없다.

나는 종교의 경건주의보다 종교가 존재해야 하는 마땅한 바를
다루고 싶었다. 그리고 무엇보다 재미있게, 그러면서 사진과 글이

효과적으로 어우러지는 새로운 장르를 보여주고 싶었다.
이것이 정찬주 선생을 향한 도전이거나 그와 함께한『암자로
가는 길』을 부정하는 것이라고는 단정하지 말기를 바란다.

오래전 간 곳을 다시 가는 것은 특별한 인연이 있기 때문일 것이다.
마치 거기서 누군가 나를 부르는 듯한 강력한 끌림이 없으면
그 장소를 다시 가게 되지 않는다는 것을 내 여행 경험으로 잘 알고
있다. 암자로의 끌림은 지금 생각해보면 부처님의 부르심이라고
말하지 않을 수 없다.

『상무주 가는 길』을 구상하며 '읽는 책'인 동시에 '보는 책'을
추구했다. 그만큼 사진의 양과 질에 많이 치중했다. 그리고 순서
없이 눈을 끄는 사진이 있는 곳에서 호흡을 멈추고 책을 읽어주기를
바랐다. 그런 곳이 앞이거나 뒤거나 중간이거나 상관없게 했다.

특히 사진을 찍는 사람들은 이 책을 들고 현장에 가서 같은
화각으로 암자 찍는 연습을 해볼 것을 권한다. 교과서적인 화각을
넘어 보이지 않는 세계를 찍는 방법을 터득하게 될지도 모른다.

20년도 더 전, 암자를 처음 취재하던 때에는 자동차로 전국을
돌았다. 요즘은 혼자 돌아다니니 가능하면 가벼운 모터사이클을
타고 다닌다. 암자와 모터사이클. 도무지 어울리지 않을 조합
같지만 혼자라는 점에서는 아주 유사하다. 혼자가 되면
치열해지기 때문이다.

암자 취재한다고 선인세도 받았고, 새 모터사이클도 샀다.
산으로 들로 막 달리려면 듀얼퍼포먼스형이 필요했기
때문이다. 암자 취재를 핑계로 선인세와 아내가 모르는 돈을
더해 모터사이클은 사긴 했으나 취재하는 내내 기름값이
걱정이었다. 모터사이클이라고 얕보면 안 된다.
1,300cc 모터사이클은 차만큼 기름을 먹는다.

어쨌든 1권의 취재는 끝났다. 이 책이 잘 팔려야 2권 취재를
위한 기름값을 선인세로 받을 수 있을 것이다. 주위에 많이
권해주시기 바란다. 그리고 암자에 갈 때는 반드시 이 책을
들고 오르시기 바란다. 그래야 당분간 기름값 걱정 없이
다음 책을 취재할 수 있기 때문이다.

사진을 많이 써야 한다고 끊임없이 주장하며 쪽수를 불리고
사진에 대해 좀 안다고 이래라저래라 사진 편집에 간섭하며
편집자를 괴롭혔다. 더구나 약속한 날짜에 원고를 넘기기는커녕
대장암 수술을 받으러 병원으로 직행해버린 필자였건만,
불광출판사는 한없는 인내심을 보여주었다.
진심으로 감사드린다.

그리고 불교 사진을 찍을 수 있게 원력을 발해주시는 부처님께
가없는 감사를 올리며, 더불어 "네 이웃을 사랑하라"고 가르치신
예수님께도 지극히 높은 감사를 올린다. 더불어 두 분 다
상무주(上無住)에 계시더라는 나의 이야기에 귀 기울여주기를
바란다.

암자를 간다는 것은 더 이상 갈 수 없는 곳을 간다는 것이다.
거기가 바로 빛과 그림자 사이, 길과 길 없는 길 사이다.
더 이상 갈 수 없는 가장 높고 고귀한 곳,
그곳이 바로 상무주다.

여러분, 사랑합니다.

2018년 가을 오리마을 창가에서
김홍희

봄 속에 있어도 봄을 모르는 이에게는
실로 봄은 내내 오지 않는 계절일 뿐이다.
어떤가?
당신의 봄은 아직 살아있는가?

1장
암자를 다시 찾아가는
명백한 이유

2장
봄 속에 있어도
봄을 모르는 이에게

3장
천년의 시간을
만나러가는 길

4장
어느 날 카메라도 버리고
남은 한 자루의 펜도 버리고

1장

암자를 다시 찾아가는
명백한 이유

01 순천 송광사
불일암 佛日庵

영웅들이 남기고 간 자리

불일암 대숲

하나의 장소는 하나의 인연뿐 아니라 다양한 인연을 연상시킨다.
불일암은 내게 다양하고 특별한 인연을 돌이켜보게 하는 곳이다.
그러나 장소는 항상 변한다. 가보면 이전의 불일암이 아니다.
아주 오래전 불일암에 갔을 때 암주였던 법정 스님은 불일암을
떠나 강원도 산골로 간 지 얼마 되지 않았었다. 그 뒤 다시 불일암을
찾아갔을 때는 젊은 스님이 묵언 수행 중이라 대화 한마디
못 나누고 불일암을 나서야 했다.

며칠 전 불일암에 들렀을 때는 이전에는 보이지 않던 공양주보살의
웃음소리가 들렸다. 해우소 가는 길에는 대나무 작대기가 쳐있어서
몸이 급해도 해우소 갈 마음을 내기가 쉽지 않았다.

1995년 첫 불일암 행에는 법정 스님이 암자를 떠난 뒤였고,
두 번째 불일암을 찾았을 때는 젊은 스님이 묵언 수행하고
있었으며, 이번에는 대나무 작대기가 갈 길과 가서는 안 되는
길을 구분하고 있었다. 같은 불일암이라도 갈 때마다 느낌이
다 다르고 얻어오는 것도 다 다르다.

여전히 불일암의 입구는 대숲 그대로였다. 90년대 초 일본에서
공부를 마치고 한국에 들어온 지 얼마 되지 않았을 무렵
'이 한 장의 사진'이라는 TV 프로그램이 있었다. 그 프로그램에서
어떤 중년남성이 불일암을 찾아온 피천득 선생과 법정 스님의
대화를 소개하면서, 이 분들이 찍힌 기념사진 한 장을 보여주었다.
사진 속에는 피천득 선생과 불일암 암주이던 법정 스님,
그리고 그 자리로 피천득 선생을 모시고 간 중년남성이 있었다.

대화 내용인즉 피천득 선생이 법정 스님께 "저기 대나무 숲 입구가 참 마음에 듭니다"고 하니 법정 스님이 "가지고 가시라"고 했다는 것이다. 유형을 무형으로 바꾸기, 젊은 나이였지만 이 대화 내용이 너무나도 가슴에 와닿았다. 물질을 마음으로 단숨에 바꾸어 태산같이 크고 무거운 것도 거저 주고받을 수 있는 이 어른들의 대화가 오랫동안 기억에 남았다. 그런데 문제는 이 이야기를 전하는 중년남성이 누군지 전혀 몰랐다는 것.

언젠가 대한항공 기내지 「모닝캄」 편집장이던 송일봉 씨에게서 급하게 전화가 왔다. 다음 달에 화보로 금정산 범어사가 나갈 건데 촬영을 해달라는 것이다. 글을 맡은 정채봉이라는 유명한 동화작가 선생이 내려가니 선생을 잘 모시라는 말도 잊지 않았다.

김해공항까지 차를 끌고 나가 정채봉 선생을 모시고 범어사로 올라갔다. 선생은 범어사의 원주스님을 만나자 잘 아는 사이인 것처럼 스스럼없이 이야기를 나누었다. 절에 대해 아는 바 없는 당시의 나로서는 귀동냥이라도 할 요량으로 그 옆에 서있는데, 정채봉 선생이 난데없이 나를 보면서, "당신은 가서 사진이나 찍으셔이"라고 말했다.

나는 한참을 이리저리 절을 휘젓고 돌아다니며 촬영했다. 취재를 마친 정채봉 선생이 원주스님 방에서 나왔을 때 "요기 나무 밑 개울에 막걸리와 도토리묵이 있는데 맛이나 보시죠"라며 자리를 안내했다. 선생은 양말을 벗고 바지를 둘둘 걷어 올려 발을 얼음처럼 차가운 물에 담그고는 연신 막걸리와 도토리묵 맛을 찬탄했다.

선생의 생전 목소리를 기억하는 분들이 있을 텐데, 선생은 약간 허스키하고 육자배기에 잘 어울리는 목소리를 가졌다. 그리고 인정이 있는 어투였다. 이런저런 이야기를 나누던 중 법정 스님과 피천득 선생의 이야기로 자연스레 옮겨갔을 때, 나는 오래전 TV에서 본 '이 한 장의 사진'에 나온 피천득 선생과 법정 스님 이야기를 했다. 그러자 정채봉 선생이 그 이야기를 한 사람이 바로 당신이라며 파안대소했다.

비행기 시간에 맞춰 선생이 공항으로 가야 할 때가 되었다. 선생은 공항으로 가는 중에 낙동강이 보이자 차를 세워달라더니 한참을 걸어 강기슭에 도착해서는 강에 삼배를 드렸다. 사람 하나 없고 절하는 선생을 보는 이도 없이 바람만 서성이는 강가에서 무심히 흘러가는 강을 향해 절을 하는 양반이 바로 정채봉 선생이었다.

선생은 비행장에 도착하자, 사진이 나오면 자기에게 보여달라는 말을 하고는 비행기를 타러 들어갔다. 아까는 사진이나 찍으라는 말로 기분을 상하게 하더니, 이번에는 사진이 나오면 자신에게 보여달라고 하는 것이다. 나는 사진 공부를 나름 야무지게 했고 계약이 이루어진 일을 계약자와 어떤 관계에서 어떻게 진행해야 하는지 엄격한 기준을 가지고 있는, 일본에서 잔뼈가 굵은 프로였다.

슬라이드 원고가 나왔을 때 정채봉 선생께 보내지 않고 「모닝캄」 편집장에게 바로 보냈다. 내가 계약한 곳은 「모닝캄」 데스크지

정채봉 선생이 아니기 때문이었다. 사진을 보낸 지 한 열흘이
지났을까? 전화벨이 울렸고 예의 그 육자배기 목소리의 주인공이
전화기 너머에서 나를 확인하고는, "어이 김홍희 씨, 당신 나랑
친구 먹읍시다이"라는 말을 거침없이 쏟아부었다. 당시 찍은
범어사 사진이 선생의 마음에 든 모양이었다.

그 후 나는 서울에 가면 항상 선생을 뵈러 대학로의 샘터사에
들렀고, 거기에서 하나둘 인연의 고리를 쌓아나갔다. 하루는
선생에게 전화가 와서, 법정 스님이 오늘 부산 해운대를 가니
사진을 좀 찍어달라고 했다. 스님은 사진 찍기를 아주 싫어하는데
김홍희 씨가 찍으면 안 그럴 것 같다는 이야기였다.

본래 사진 찍기를 싫어하는 분이면 내가 찍으나 누가 찍으나 싫어할
것은 뻔한 일. 실로 사진 찍히는 일이 거북하고 싫은 것은 깜박이지
않는 기계 눈인 카메라 렌즈를 깜박이는 인간의 눈으로 들여다봐야
하는 고역이기 때문이다. 상대는 눈을 깜박이지 않고 하루 종일
부릅뜬 채 있는데, 그것을 반드시 깜박여야 하는 사람의 눈으로
들여다보기란 얼마나 무모한 대결인가. 그런데도 사람들은 사진을
찍을 때 렌즈를 보라고 강요하고, 급기야는 렌즈를 들여다보면서
웃으라고 한다. 당연히 사진 찍히는 일이 싫어지게 되어있다.

이후 법정 스님의 사진을 꽤 찍었고 스님의 『인도 기행』 책에
들어갈 사진을 찍으러 인도로 날아가기도 했다. 『무소유』라는
책의 스님 프로필 사진도 내가 찍었다.

꽤 시간이 지나 다시 정채봉 선생을 만났을 때 선생은 이런 말을
했다. "거 참 신기하게도 다른 사람이 사진을 찍으면 스님이
꺼리시는데, 김홍희 씨가 찍으면 이상하게 아무 말씀도 안
하시네"라고. 나는 정채봉 선생께 그 이유를 들려주고 싶었지만
말하지 않았다. 왜냐하면 처음 해운대에서 스님 사진을 찍을 때
스님이 내게 말씀하신 내용을 정채봉 선생도 기억하고 있을
것이기 때문이었다.

"바닷물이 다 태평양에서 만날 것 같지만, 부산 앞바다 물은
부산 앞바다에서 만나고 태평양 물은 태평양에서 만난다."

불일암은 송광사의 많은 암자 가운데 하나에 불과하지만 실로
태평양 바다의 역할을 하고 있다. 그곳에 인연을 지은 큰 바다와
같은 한 어른 때문이다. 불일암에 다녀와 오늘 이 글을 쓰면서
정채봉 선생과 법정 스님과 피천득 선생이 너무 그립고 보고 싶다.
세 분 모두 살아 계실 때 내가 사진을 찍은 분들이다. 그리고 나의
영웅들이었다. 이제 영웅들은 다 가고 내가 그 자리를 메울 나이가
되고 말았다. _⊙

몸과 영혼을 부양시키는 부드러운 햇살

햇살이 풍선처럼 밀려드는 여수 향일암

향일암은 멀다. 섬의 입구 순천이나 광양 어디서 들어가든,
여수를 지나 장군도와 돌산도 종단은 물론 횡단을 두 번쯤 더 해야
향일암에 이른다. 그러면서 한려해상국립공원도 지나야 하고
다도해해상국립공원도 지나야 한다. 내륙의 깊은 산속을 지나는
듯하다가 갑자기 탁 트인 바다를 보여주는 신비로운 길이 바로
향일암 가는 길이다.

향일암에 들어온 것은 이미 어제. 길이 주는 눈의 포만감을 느끼기
위해 하루 일찍 도착했다. 덕분에 향일암으로 들어오는 길의
아름다움을 한껏 누렸고 새로 놓인 화태대교도 건넜다.
돌산도와 화태도를 잇는 다리는 거창했다. 그런데 두 섬 사이에
이렇게 크고 멋진 다리를 놓아야 할 이유를 찾지 못했다.
대개 다리를 놓을 때는 거기에 준하는 경제적인 이유를 드는데
화태도는 무슨 산물이 유명한지 알 수가 없었다. 섬은 작고 집도
몇 채 없었다. 해가 지면 바로 적막하게 어두워지는 섬 자락 작은
포구의 나트륨등만이 화태도를 따뜻하게 데워줄 뿐이었다.

바다 위로 순식간에 솟아오른 해는 모텔 창문 안으로 햇살을
거침없이 쏟아부었다. 햇살이 방바닥에 부딪쳐 깨지는 소리가
자글자글 난다. 방은 더워지고 더 자고 싶어도 잘 수가 없다.
향일암을 오르는 길 양쪽 가게의 상인들은 벌써 돌산 갓김치와
참모싯잎 송편을 펼쳐놓았다. 호객을 하며 건넨 참모싯잎 송편
한 쪽을 입에 넣었다. 송편은 마르고 겉은 딱딱했다. 뱉을 수 없어
오르막길을 걸으면서 삼킨 것이 화근이 되었다. 일주문으로 오르는
계단 길에 주저앉아 쉬기를 반복하고 물을 마셨지만 속에 걸린

송편은 내려갈 줄 몰랐다.

나는 향일암에 여러 차례 왔다. 새벽에도 왔고 한낮에도 왔고
저녁에도 왔다. 물론 봄, 여름, 가을, 겨울 모든 계절에 다 왔다.
많은 암자 중에 향일암처럼 방문 횟수가 많은 암자는 흔치 않다.
암자를 순례할 때 향일암은 반드시 거론될 만큼 손꼽히는 암자다.
그도 그럴 것이 향일암은 한국 33관음성지 제12호이면서
낙산사 홍련암, 석모도 보문사, 금산 보리암과 더불어 한국의
4대 관음도량으로 통한다. 모두 하나같이 바다와 깊은 관련이 있다.

향일암은 해가 있는 동안은 하루 종일 눈이 부시다. 하나는 하늘의
해, 또 하나는 바다의 반사 때문이다. 하늘의 해보다 바다의 반사가
훨씬 심하다. 이것이 여느 암자와 확연히 다른 점이다.

일주문 너머 입을 가린 동자와 눈을 가린 동자, 귀를 가린 동자의
화강석 조각이 나를 보고 웃고 있다. 동자승의 머리를 만지며
천천히 천천히 향일암으로 다가가자 이번에는 좁은 바위틈이
기다리고 있다. 배부른 장정은 지나가기 어려울 정도로 좁은
바위틈이다. 나는 얼마 전 대장을 잘라내는 수술을 한 덕분에
날렵하게 바위틈을 빠져나올 수 있었다. 그러나 아까 먹은 송편은
여전히 내려가지 않았다.

향일암 마당에 이르자 하늘의 해와 바다의 햇살이 진풍경을
만들어내고 있었다. 향일암 마당의 머리 위는 온통 초파일 등으로
채워져 있고, 마당은 그 등이 만들어내는 깊은 콘트라스트의 검은

그림자가 가득 채우고 있었다. 그리고 그 사이로 하늘에서 바다로
떨어진 햇살이 향일암의 초파일 등과 마당의 화강석 사이를
풍선처럼 비집으며 밀려들고 있었다.

그 햇살은 눈을 뜰 수도 없게 부셨고, 부드러운 밀도로 가슴을
부풀려 채우고는 몸을 가볍게 밀어 올려 몸과 함께 영혼을
부양(浮揚)하게 만들었다. 몸과 영혼을 따뜻하게 데운 빛은 그대로
나를 투과한 채 여전히 나를 감쌌다. 그런 중에 카메라 셔터는 수도
없이 끊어졌다. 마당을 나와 동백나무 밑으로 자리를 옮겼을 때는
송편에 걸렸던 속이 아주 편해져 있었다.

향일암은 눈부신 햇살과 더불어 붉디붉은 동백이 유명하다.
동백이야 자신의 계절이 되어야 피어나니 시절을 맞춰 오지 않으면
그 꽃을 보기는 쉽지 않다. 철 맞춰 온다 한들 목이 잘리듯 털썩
바닥에 떨어지는 동백을 보노라면 내 한 목숨 떨어지는 듯 가슴을
쓰러내리지 않을 수 없다. 그만큼 동백이 지는 모습은 처절하다.
둥지에서 떨어져 얼어 죽는 새조차도 자신을 동정하지 않는다지만
동백 또한 그러하다.

그러나 사시사철 볼 수 있는 향일암의 백미는 바람에 얼룩진
바위다. 어떻게 보면 바람이 지나간 자리 같기도 하고 어떻게
보면 거북이 등짝 같기도 하다. 그리고 보면 향일암의 이름은
여러 번 바뀌었다. 선덕여왕 14년, 원효 대사 창건 당시의 이름은
원통암(圓通庵)이었다. 그런데 고려 때 윤필거사가 중창하면서 지금
향일암이 앉아있는 금오산에서 이름을 따와 금오암(金鰲庵)이라

불린 적도 있었다고 한다.

그러다 풍수지리상 경전을 등에 업고 남해 바다를 건너려고 하는 거북이의 모습을 하고 있다고 해서 영구암(靈龜庵)으로 불린 적도 있다. 그런데 영구암의 '구(龜)'는 거북이를 뜻하고 금오산의 '오(鰲)' 역시 바다거북 또는 자라를 뜻하니, 영구암이라 불러도 하등 이상할 것이 없다. 향일암 곳곳에 돌거북이 화강석 난간에 올라앉아 마치 바닷속으로 막 뛰어들 것 같은 형상을 하고 있는 것도 이 암자의 본래 모습을 미니어처로 보여주는 듯하다.

그러나 저 강렬한 남해의 태양 빛을 보고 있노라면, 누가 언제 명명했는지는 모르지만 향일암이란 이름으로 불리는 것도 그저 막무가내는 아닌 듯하다. 사월 초파일이 다가오는 시점에 들른 향일암의 곳곳에 등이 달려있었다. 하늘에는 태양, 향일암에는 초파일 등. 사람들의 염원이 어찌 태양보다 어둡다 하리오. 향일암 하늘의 외줄에 걸려 바람에 흔들리는 초파일 등은 비록 연약하지만 거기에 담긴 사람들의 기도와 염원은 부처님 이전부터 있었을 터. 그렇다면 지금까지 얼마나 오랜 세월 동안 이어져왔겠는가.

태초부터 경전을 업고 남해를 건너려고 하는 거북 모양의 영구암이 이름을 바꾼다고 그 모습이 바뀌지 않듯, 세월이 바뀐다고 사람들의 염원이 어디 바뀌겠는가. 그럼에도 사람들이 보고 싶은 대로, 부르고 싶은 대로 그 이름조차 다 내어주는 암자가 바로 향일암이다. 그래서 멀어도 다시 찾아가게 되는 곳이 바로 향일암이다. _⊙

바다를 향한 향일암 바다 거북이들

곡성 태안사

03 성기암 聖祈庵

화사한 영산홍과 검버섯 바위가
빚어내는 절창

영산홍 핀 성기암

암자는 가공하지 않은 다이아몬드처럼 숨어있는 듯하지만 실은
가공한 다이아몬드를 숨겨두는 곳이기도 하다. 알려진 암자의
알려진 암주를 만나러가는 즐거움도 있지만, 잘 드러나지 않아
사람들의 발걸음이 쉬이 닿지 않는 곳에 있는 암자를 찾을 때의
기쁨도 크다.

지리산 주변을 돌며 암자 촬영을 하는데, 구례 리틀 프린스 호텔
사장인 후배에게서 혹시 태안사를 가본 적 있냐는 질문을 받았다.
처음 듣는 절이라고 하자 그는 암자를 찾아다닌다는 사람이 어째
태안사가 초문이냐며, 그렇다면 성기암은 들어보았냐고 다시
물어왔다. 성기암이 태안사 안에 있는 암자라는데, 태안사가
초문인 사람이 성기암을 어찌 알겠는가.

나는 그에게 성기암은 무엇으로 유명하냐고 물었다. 그랬더니 가서
보지 않으면 설명이 불가능하다고 말한다. 세상에나! 보지 않고는
설명으로 성기암을 말하는 것이 불가능하다니. 이 유혹을 어떻게
이기겠는가. 구례에서 그다지 멀지 않은 곡성에 있다는 말에 자리를
털고 일어나 성기암으로 향했다.

구례 화엄사 입구 리틀 프린스 호텔에서 섬진강을 따라 태안사
가는 길은 서정적이면서 왠지 낯이 익었다. 오래전 월간 「샘터」에
'간이역'을 연재할 때 압록역을 취재하러 들어온 그 길이었다.
구례 화엄사에서 구례 읍내를 거쳐 구례구역을 지나며 옛날
기억이 떠올랐다. 구례구역에서 섬진강을 오른편에 두고 강을 따라
북상하면 압록교가 나오고 압록교를 건너자마자 압록역이 나온다.

그때 압록역은 고향역 같았다. 당시 압록역 사진을 찍을 때 거기 근무하시던 분이 내가 찍는 사진이 아마 마지막 압록역 사진이 될 것 같다고 했다. 내가 사진을 찍고 나면 압록역은 바로 현대식 건물로 바뀌고 역무원은 근무하지 않을 수도 있다고 했다. 그때만 해도 압록역은 통표를 사용하고 있었다.

통표는 폐색식 열차신호장치로 정식 명칭은 '통표폐색식 열차보안장치'다. 요즘은 쉽게 볼 수 없는데, 철도가 단선일 경우 통표가 없으면 기차가 역으로 들어올 수도 없고 역을 떠날 수도 없다. 오래전에 기관사가 역을 지나거나 역에 들어오면서 둥글게 생기고 끝에 가죽 주머니가 달린 것을 역의 통표 걸이에 걸거나 채가는 것을 본 적이 있을 것이다.

상·하행선이나 따라오는 열차가 동시에 역으로 진입하지 못하게 하는 중요한 장치가 바로 통표다. 달리는 열차의 운전실에서 몸을 밖으로 뺀 기관사가 G자 형 통표 걸이에 통표를 걸면 통표는 마치 올가미에 걸린 작은 짐승처럼 패르르 돌면서 걸린다. 그 모습을 본 적이 있다면 이미 꽤 나이가 먹어 중년을 훌쩍 넘긴 사람일 가능성이 높다.

당시 압록역은 목조 건물로 작은 대합실도 있었다. 전라도 곡성의 섬진강변에 자리한 압록역이 빨간 벽돌 창고처럼 모습을 바꾼 것이 1997년 12월 29일. 그리고 2008년 12월 1일부로 여객영업을 중단했으니 압록역을 추억의 대상으로 삼을 손님도 이제는 대가 끊긴 셈이다.

섬진강을 따라 북상해 압록교를 건너 바로 좌회전, 18번 국도를
타고 가다 대황강에 걸쳐있는 태안교를 건너 840번 지방도를 타고
10분쯤 가면 왼쪽으로 태안사 입구가 보인다. 그런데 입구에서부터
태안사까지는 물론 더 위에 있는 성기암까지 비포장길이다.
아스팔트길만 달리는 사람들에게는 먼지 나는 비포장길이 향수의
길이요 고향의 길이다. 일부러 먼지를 일으키면서 더 속도를 내게
된다.

그런데 성기암에 올라 비포장길이 향수를 부추긴다고 말하자
성기암 암주 종지 스님은, "가끔 오는 사람들이야 비포장길이
추억의 길로 좋을지 모르지만, 여기 사는 사람들은 맨날 마시는
것이 먼지이고 생활이라 다들 포장하고 싶어해요"라고 한다.
그러면서 맛난 차를 내주는데 눈빛이 맑고 투명하며 한편 날카롭다.
'무도인?' 나도 모르게 든 느낌이었다.

세간의 나이로는 족히 70줄은 넘긴 듯한데 몸놀림이 젊은이처럼 절도
있고 힘이 넘친다. 차를 내는 소매 사이로 보이는 팔뚝이 굵고 어깨가
발달했다. 말씀도 거침이 없고 시원시원한 가운데 법도가 있다.

그런 스님이 꾸민 성기암은 꽃밭이었다. 들어가는 입구부터
영산홍이 환대를 했다. 비구니암자도 아니고 비구암자가 이렇게
꽃으로 천지를 치장한 것은 보기 쉽지 않다. 암자에 꽃이 많다는
것은 비구 생활에도 삶을 즐기는 여유가 있다는 뜻일 것이다.
암자 안의 큰 바위는 검버섯이 얼기설기 얽은 채 세월을 견디고
있었다.

화사하고 붉은 봄날의 영산홍과 세월을 이기고 견뎌온 바위의
검버섯이 이렇게 절창(絶唱)을 내고 있다니. 이미 진 영산홍 꽃잎은
물 위에서도 목을 놓아 노래 부르고 있었다. 한 철이 가고 이제 다시
한 철이 올 즈음인데 꽃잎의 형상을 지닌 그들의 소리는 잦아들 줄
몰랐다. 카메라는 물 위에 떠도는 꽃들의 마지막 노래를 담았다.
무애도인(無碍道人)이자 설악산 호랑이 무산 조오현 스님의 시조
'일색변(一色邊)'의 바위를 성기암에서도 만나다니.

무심한 한 덩이 바위도
바위 소리 들을라면

들어도 들어 올려도
끝내 들리지 않아야

그 물론 검버섯 같은 것이
거뭇거뭇 피어나야

거뭇거뭇 검버섯이 핀 바위야말로 성기암의 숨어있는
다이아몬드인 것을. _⊙

흐드러지게 떨어진 성기암 영산홍

나무와 바위가 서로 엉기듯
기대고 있는 온전한 세상

순천 사는 친구에게서 황급히 전화가 왔다. 연기암에 눈 내리니
얼른 올라오라는 전갈이었다. 여기저기 암자를 찾아 돌아다니는데
눈이 있는 암자를 찍고 싶다는 말을 듣고는 전언을 잊지 않았다.
전국 산천에 수도 없는 암자가 있지만 손바닥 들여다보듯이 볼 수
있는 것이 아니므로 현지에 살고 있는 친구들의 도움이 필요하다.
한 장의 암자 사진에는 이렇듯 많은 이들의 마음이 함께한다.

변산 월명암에서 기대하던 눈을 찍지 못하고 부산으로 돌아가는
길에 전화를 받았다. 서둘러 구례 화엄사로 차를 돌려 연기암
오르막길을 오를 때는 이미 눈이 녹고 있었다. 가슴을 쓸며 올라선
연기암 마당에는 잔설만 남아있고 땅은 젖을 대로 젖어있었다.
사람도 인연이 따로 있고 암자도 따로 인연이 있다더니
이런 경우를 말하나 보다. 실망감에 카메라를 어깨에 메고
연기암 대웅전 뒤로 돌아가자 놀라운 광경이 펼쳐지고 있었다.

눈이 나뭇가지에서 얼었다 녹으면서 수정알 같은 물방울이
역광에 빛나고 있었다. 꿩 대신 닭이라더니 이건 꿩 대신 봉황을
만난 격이다. 조금 전까지만 해도 실망으로 어깨가 늘어졌지만
나뭇가지에 맺힌 물방울을 보는 순간 카메라의 셔터는 수도 없이
끊어졌다. 사람은 빵으로만 사는 것이 아니라고 했다. 동의하지
않을 수 없다. 나 같은 필부는 빵만이 아니라 한 방울의 빛으로
넉넉한 삶의 풍요를 느끼기 때문이다.

하나가 모자라면 다른 하나가 채워지나 보다. 눈이 온 뒤의
하늘은 신묘했다. 하늘이 열렸다 닫혔다 하기를 반복.

연기암 일대를 빛으로 채웠다가는 일순 어둠으로 바꾸어내는 구름과 해의 움직임에 마음도 함께 들떴다가 가라앉았다를 반복했다. 하기야 사진이라고 하는 것이 눈이 오면 오는 대로 비가 오면 오는 대로 해가 뜨면 뜨는 대로 찍어야 하는 것이기는 하다. 그렇지만 드라마틱해야 하는 것.

언젠가 일본에서 발원한 불교의 한 종파 최고 어른이 부산의 문화회관에서 전시를 한다며 초대했다. 이미 받은 초대장에 실린 사진을 보며 안 가도 되겠다고 생각했지만 차가 와서 집 앞에 대기를 하는 바람에 가지 않을 수 없었다.

그때 본 초대장에 실린 사진은 동백꽃은 동백꽃처럼 모란은 모란처럼, 장미는 장미처럼 찍혀있었다. 말 그대로 식물도감에 실리면 딱 좋을 사진이었다. 동백꽃은 이렇게 생겼고 모란은 이렇게 생겼으며 장미라는 꽃은 다름 아닌 이렇게 생겼다고 보여주는 사진이었다.

그런데 나를 초대해 그 자리에 꼭 데려가고 싶어 한 사람의 말은 달랐다. 최고의 선사가 찍은 사진이니 꼭 보라는 것이었고, 있는 그대로 세상을 보는 것이 어떤 것인지를 보아야 한다는 것이었다. 기어코 가자는 사람의 청을 뿌리칠 수 없어 전시장에 가서 사진을 둘러보다 슬며시 빠져나왔다. 거기 걸린 수많은 사진을 본 느낌은 한마디로 식물도감의 사진 그대로였다. 마음을 열고 애써 들여다봤지만 어떤 감정의 동요도 일어나지 않았다. 오직 머릿속에 드는 생각이라고는 산을 산으로 보거나 물을 물로 보는 경지라면 사진을 할 이유가 없다는 것이었다.

너무나 무미건조한 사진, 식물도감 꽃 사진의 나열이었다.
내가 학교에서 배우거나 가르치는 사진이 아니었다. 동백꽃을
찍으려면 동백꽃의 진수를 찍고 모란을 찍으려면 모란의 본질을
드러내고 장미를 찍으려면 장미를 인생에 비유하라고 한 배움과
가르침이 송두리째 무너졌다. 나로서는 이 사진들을 도무지 이해할
수 없었다. 그래서 다른 이들이 사진을 보며 쏟아내는 감탄사를
견딜 수 없었던 것이다.

한 장의 사진이 사실을 드러내거나 있는 그대로를 찍는다면 그것은
정보 전달용 사진으로 충분하다. 그런 유형의 사진이 있다면 그렇지
않은 사진도 있는 법이다. 그런 사진을 우리는 배우고 가르친다.
그런데 죽도 밥도 아닌 사진을 보면서 나는 몹시 심란했다. 이것을
사진이라고 하는 것을 어떻게 이해해야 하나?

연기암 문수전에서 물방울과 햇살이 들었다 나갔다 하는 광경을
촬영하던 중에 난데없이 떠오른 옛날 생각이었다. 눈이 있는 암자를
촬영하러 올라왔다가 눈 대신 눈 녹은 물방울에 하염없이 끌려
촬영하고 있는 자신이 보였기 때문이다. 이래도 사진이고 저래도
사진이지만 내가 원하는 것은 이미 배움에 익숙한 어떤 것을
구하는 것은 아닌가 의심이 들었다.

상을 깨고 또 깨면 그 어른처럼 사진을 찍게 되는 것인가? 그렇다면
그런 사진을 보고 누가 감동하겠는가? 무미하기 그지없고 건조하기

짝이 없는 사진을 보고 그 속의 참을 볼 수 있는 사람이 도인이라면
예술은 왜 존재하는가? 이런 생각이 꼬리에 꼬리를 물고 떠올랐다.
그러면서도 셔터가 끊기는 순간은 탄지(彈指)의 순간이지만 그
시간은 길어질 대로 길어지고 있었다. 생각이 끊어지는 순간이
길어지면 길어질수록 그 어른의 사진이 떠오르는 시간도 길어졌다.

하늘이 완전히 열리고 대웅전과 바위와 나무가 있는 곳에는
순광(純光) 같은 사광(斜光)이 강렬하게 내리쪼이기 시작했다.
그때 한 나무와 바위를 보았다. 나무는 바위를 비켜 뿌리를 내린 채
몸뚱아리는 바위에 기대어 자라고 있었다. 나무는 나무고 바위는
바위지만 서로 엉기듯 기대듯 한 모양을 하고 있었다. 나로서는
바위만 있었어도 카메라를 들이대지 않았을 것이고 나무만
있었어도 카메라를 들이대지 않았을 풍광. 그런데 둘이 하나가
되어있는 것을 보자 카메라를 들이댔다.

그때 불현듯 한 생각이 떠올랐다. 내가 나무라면, 그 어른은 바위가
아닐까? 내가 하는 이 생각이 나무의 생각이라면, 그 어른이 한
생각은 바위의 생각이 아닐까. 둘 다 옳지도 그르지도 않은 다른
생각이 나무와 바위처럼 엉겨있는 것이 바로 온전한 한 세상은
아닐까?

연기암을 비추던 해가 뉘엿뉘엿 넘어가고 반짝이던 물방울도
다 사라졌다. 카메라를 접고 산을 내려가야 할 시간. 잊지 않아야
할 것은 연기암 눈 소식을 알려준 친구에게 감사 인사를 전하는 것.
고맙네, 친구! _◉

눈꽃 핀 연기암

연기암 대웅전

연기암과 지리산

05

구례 화엄사

구층암 九層庵

꽃도 한 시절,
절집 주인도 한 시절

구층암 가는 대숲

구층암으로 가는 길은 멀었다. 눈발이 날리기 시작했으나 차를 끌고 경내로 들어갈 수 없다고 했다. 차를 돌려 주차장에 대고 구층암을 향해 뛰었다. 그날은 눈이 내리는 데도 추웠다. 구층암을 눈앞에 두고 다리를 건너기 전에 눈은 진눈깨비로 바뀌었다. 등은 이미 후줄근하게 땀으로 젖었고 숨은 찰 대로 차올랐다.

숨을 가다듬고 구층암을 돌며 촬영을 시작하자 한기가 몰려왔다. 눈을 찍으러 달려온 구층암이 갑자기 엄동설한으로 바뀐 셈이다. 손끝이 얼고 몸은 사시나무 떨리듯 떨렸다. 다시 옷을 갈아입으려면 주차장까지 내려가야 한다. 내려갔다 다시 올라오면 지금의 느낌이 사라질 것 같아 카메라를 내려놓지 못하고 있을 때, 천불보전 옆의 방문이 열리더니 한 스님이 나를 불렀다.

마치 내가 아까부터 구층암 마당을 돌고 있는 것을 훤히 보고 있었던 듯. 스님의 목소리에 이끌려 방으로 들어가자 스님은 따뜻한 차를 내놓았다. 방은 온기로 가득했다. 이럴 때의 온기는 구들이 뜨거워서 느껴지는 온기가 아니다. 도인의 부드럽고 온화한 느낌을 말한다. 전국 팔도강산을 돌며 '한 소식' 했다는 어른을 만나면 한결같이 느껴지는 따뜻함과 온화함이다.

스님은 별 말씀이 없었다. 나도 아무 말 없이 스님이 따라주는 차를 연거푸 마시고 또 마셨다. 몸이 데워지고 등이 따뜻해지자 스님은 찻상을 물렸다. 나는 방을 나와 촬영을 마저 하고 구층암을 내려왔다. 산을 내려오는 동안 해는 서산에 기울었지만 추위는 한결 물러나있었다. 지금처럼 구례 화엄사가 화강암으로 재단장을 하기

전의 일이다. 세월은 흘러 벌써 23년 전의 일이 되었다.

다시 찾아간 구층암 한쪽에는 정자가 새로 지어졌다. 그리고 한기를
막기 위한 비닐을 쳐두었다. 오늘 구층암은 꽃피는 시절이지만
여전히 춥고 바람이 셌다. 바람을 피하기 위해 들어간 정자 안에서
떠올린 옛 스님 생각에 꽤 긴 시간을 보냈다.

구층암을 돌아보다 몸이 차가워지면 비닐 속으로 숨고 다시 몸이
데워지면 구층암을 돌아보았다. 그러기를 반복하면서 그 옛날
구층암에서 만난 스님이 떠오른 것이다. 바람막이 비닐 저편으로는
천불보전이 바람 부는 대로 일그러졌다 바로 보였다를 반복하고
있었다.

오늘도 천불보전 옆의 문은 열렸지만 다른 스님이 나왔다.
천불보전 앞의 흰 매화는 만개하고 있었다. 매화가 봄의
전령이라고는 하지만 설중매라고 하니 여전히 추위는 가시지
않고 긴 겨울의 여운이 남아있었다. 오래전에 저 방을 지키던
스님이 어디로 가셨는지 궁금했지만 물어보지 않았다. 그날의
따뜻했던 차를 얻어 마시지는 못했지만 비닐 정자가 그 스님을
대신했다. 꽃도 한 시절이 있으면 절집의 주인도 한 시절이 있는 듯.

매화는 매년 피나 그 매화가 그 옛날의 매화가 아니듯, 암자를
지키는 스님은 스님이지만 그때의 스님이 아니다. 매화가 피고
지듯 암주도 때를 따라 바뀌지만 새로운 날에 찾아온 객은 옛날의
스님만을 기억하는가 보다.

구층암의 백매(白梅)를 구경하고 모과나무 기둥이 여전한 것을
둘러보고 신라 말기부터 서있다는 아무렇게나 쌓아놓은 3층
석탑도 보았다. 스님은 바뀌었지만 암자는 여전하다. 이 여전한
암자의 특징은 모과나무 줄기를 그대로 암자의 기둥으로 쓴
것이다. 오래전에 왔을 때도 지금도 여전히 그 자리를 지키고 있다.
모과나무 줄기를 생긴 그대로 기둥으로 쓸 생각을 누가 했을까?

전국 방방곡곡의 암자와 절을 구경 다녔지만 이 정도 여유로운
생각을 만나보기는 쉽지 않다. 모과나무를 암자의 기둥으로 쓴 것이
뭐 그리 대단하냐고 되물을지 모르지만, 그것을 결정하고 쓰기에는
어지간한 마음의 여유와 파격이 없으면 불가할 것이다. 그것을
세안한 사람이나 받아들인 사람이나 모두 한 풍류 하지 않고서야
이런 암자를 짓기란 쉬운 일이 아닐 것이다.

구층암이 있는 구례 화엄사에는 소문난 봄의 전령사가 있다.
그것은 붉디붉은 홍매(紅梅). 그 붉음이 어찌나 붉던지 사람들이
아예 이름을 '흑매(黑梅)'로 고쳐 부른다. 흑매는 한국 사람들의 언어
습관과 허풍이 잘 드러나는 이름이다. '붉다 못해 검다'라고 표현할
수 있는 언어가 몇 개나 될까.

실로 홍매를 보면 말 그대로 흑매로 불러도 좋게 검붉다.
그래도 한국말이 가진 재미는 홍매를 흑매로 읽어내는 여유에 있다.
봄이 오면 구례 화엄사로 사람을 불러들이는 매화 중의 매화 흑매는
요즘 말로 스토리텔링에 성공한 매화다. 이른 봄부터 사진을 찍는
소위 진사(사진동호인)들의 모델로 전국 최고다.

꽃은 폈으나 날은 여전히 춥다. 화엄사를 나와 산동 산수유마을로
들어서자 온 세상이 노랗다. 무릉도원이 있다더니 여기가 바로
무릉산수유원이다. 노란 산수유꽃 사이로 알록달록 등산복을 입은
사람들이 온 천지에 여름 나비처럼 날아다닌다. 등산복은 마치 인도
여인들이 입는 사리(sari)처럼 현란하다. 산동 산수유마을이 알리는
지리산의 봄소식이다. _◉

화엄사 흑매

구층암 대웅전의 봄

길 찾는 데 인생의 모두를 허비하는 법

06

구례 오산

사성암 四聖庵

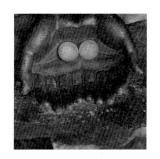

"법당은 준수한데 부처는 어디 있느냐?"

사성암은 걸출한 사내의 모습을 하고 있었다. 첫눈의 사성암이 그렇다는 것이다. 암자를 돌아보면 남성적인 모습을 한 암자가 있고 여성적인 모습을 한 암자가 있다. 비구스님들이 사는 곳은 대개 남성적이고 비구니스님들이 사는 곳은 대개 여성적이기는 하다. 비구니스님 암자는 비구스님 암자보다 장독의 수가 넉넉하고 꽃을 예쁘게 가꾼 곳이 유달리 많다. 암자도 그곳을 지키는 스님의 성정을 드러내는 법이다.

사성암의 가파른 고갯길을 올라가면 가장 먼저 눈에 들어오는 것이 암자를 떠받치는 밤색 기둥이다. 땅속 깊이 뿌리를 박은 기둥이 하늘을 향해 힘차게 솟아있다. 기둥이 굵다. 그러니 그 위의 암자가 작아보인다. 그만큼 기둥이 가지는 시각적 공격력이 크다는 것이다. 이 때문에 사성암의 첫인상은 걸출한 사내의 모습을 연상시킨다.

그런데 이것은 첫인상일 뿐, 계단을 올라 사성암을 하나하나 둘러보노라면 남성적인 면모와 여성적인 면모를 동시에 가지고 있음을 깨닫게 된다. 첫인상은 기상이 출중하나 돌아보는 동안 아기자기하고 여성스러움을 구석구석에서 만난다. 어떻게 보면 하나의 암자가 양성을 드러내는 느낌이다. 이런 암자를 만나기는 쉽지 않다. 사성암만이 가지는 특별한 맛이다.

사성암 입구에서 만난 기둥과 암자를 볼 때는 "법당은 준수한데 부처는 어디 있느냐?"고 풍채 좋은 젊은 상좌에게 묻는 한 고승의 목소리가 들리는 듯하지만 답을 할 일이 아니다. 사성암의 겉만 보고 속을 못 본 질문이기 때문이다.

사성암을 찾아가는 길 중간에 '사성암 주차장'이라는 현수막이
걸려있었다. 몇몇 사람들이 차를 세우며, 이곳 주차장에 차를 대고
셔틀버스를 이용하라고 했다. 아무 생각 없이 차를 대고 셔틀버스를
타고 올라갔더니 웬걸, 사성암 위에도 차를 여러 대 댈 수 있는
주차장이 따로 있었다. 돈을 받고 셔틀버스를 운행하며 주차장
이용을 종용한 것이다.

사성암 초행자는 의심 없이 동네 주차장에 차를 대고 셔틀버스를
이용할 수밖에 없는 구조다. 사성암 주차장에서 피식 헛웃음을 날린
것은 이 때문이었다. 주차장 위에서 사성암 올라오는 굽은 길을
내려다보았다. 셔틀버스를 타고 올라오며 창밖으로 본 자전거를
타고 오르는 중장년의 남녀가 아직도 페달을 밟고 있었다.

차보다 빠를 수는 없지만 그래도 이 가파른 길을 단 한 번도 쉬지
않고 올라오는 자전거 군단의 모습을 한참 내려다보았다. 시간이
얼마 지나지 않아 사성암 주차장에 자전거 부대가 올라왔다.
자전거를 내던지듯이 내린 아주머니들이 땅바닥에 철퍼덕
주저앉으면서 숨을 몰아쉬었다. 나이가 40줄은 족히 넘었을 테고
50줄이나 60줄 되시는 분들 같은데 그 근력과 끈기가 예사롭지
않다. 모든 것이 공부라고 한다면 사성암을 자전거로 올라오는 저
아주머니들이야말로 고행을 마다하지 않는 공부 대열인 셈이다.

아무튼 사성암 가파른 고갯길을 자전거를 타고 올라온 남녀 대열을
두고 사성암을 올랐다. 출중한 모습에 한 번 놀라고 돌계단을
올라가면서 펼쳐지는 광경에 또 한 번 놀라게 되는 곳이 바로

사성암이다. 구례가 한눈에 내려다보이고 세상이 손안에 펼쳐진다.
이게 암수의 세상이고 음양의 우주다.

한쪽을 추구하면 결국 반대쪽이 보인다. 반대를 보기 위해 한쪽을
추구하는 존재가 아니고 한쪽이 진리라고 추구해야 반대쪽이
보인다. 지리산을 제대로 보려면 덕유산에 가라고. 지리산에서
지리산을 다 돌아본들 그것은 숲 속의 숲. 지리산 전체를 보려면
반드시 필요한 것이 덕유산 행이다.

나는 모태신앙이지만 1년에 겨우 한두 번 교회에 나기는, 소위
CC(크리스마스 크리스천)다. 그런 내가 우연한 기회에 불교를 접했다.
불교를 접하고 심오한 사유의 세계를 만나면서 예수님을 더
좋아하게 되었다. 신으로서의 예수라기보다는 인간 예수를
사랑하게 된 것이다.

더불어 부처님도 사랑하게 되었다. 언젠가 딸과 영천 만불사에 간
적이 있었다. 할머니 할아버지를 따라 교회에 다니던 다섯 살짜리
딸은 부처님을 보고 절을 하지 않겠다고 했다. 애비가 절을 하라고
시키지도 않았는데 먼저 그렇게 말했다.

나는 딸에게 부처님께 절을 하지 않아도 된다고 했다. 절 구경을
다니면서 딸은 이런저런 질문을 했고 나는 답을 해줬다. 그런 중에
나는 딸에게 이런 이야기를 했다. "세상에 생각 주머니가 큰 분이
예수님이지? 그럼 예수님처럼 생각 주머니가 큰 분이 또 계실까,
안 계실까?" 딸은 곰곰이 생각하더니, "계실 것 같아요"라고 답했다.

나는 얼른 그 답을 받아 딸에게 말했다. "예수님처럼 생각 주머니가 큰 분이 바로 부처님이란다. 그래서 아빠는 부처님을 보면 존경을 다해 손을 모으고 절을 하는 것이란다." 절을 구경하고 내려오면서 다시 대웅전을 지날 때, 딸은 내가 보지 않는 틈을 타서 재빠르게 부처님께 절을 했다. 그리고 아무 일도 하지 않은 것처럼 뛰어와서 내 손을 잡았다.

사성암에 올라가면 구례가 한눈에 보인다. 그러나 거기서 멈추면 안 된다. 사성암을 뒤로 하고 더 높은 곳으로 올라가볼 일이다. 거기에는 나무 계단 길이 있고 바윗길이 있다. 그리고 길은 여러 갈래로 갈라진다. 갈라진 어느 길로 올라와도 사성암으로 올라온다. 올라와 갈라진 어느 길을 내려가도 종국에는 저잣거리로 내려간다. 사성암에서는 구례가 보이지만 내려갈 수 있는 곳은 구례만이 아니다. 이것이 바로 사성암의 진짜 존재 가치다. 그렇기 때문에 암자를 다시 찾게 되는 것이다. _◦

선방 가는 길

사성암을 돌아 산으로 가는 길

2장

봄 속에 있어도
봄을 모르는 이에게

07

합천 해인사

백련암 白蓮庵

상처의 기억, 기억의 상처,
가족

백련암에는 선명한 기억이 있다. 그해 여름이 다 갈 즈음, 가을이 물씬 백련암에 들이닥칠 때 초등학교를 아직 가지 않은 아들과 함께 왔다. 오늘 이 자리에 아들과 함께 올라왔던 것이다. 거친 길과 바위 사이로 아들을 밀고 당겨 들어와서는 사진을 찍었다. 아마 아들이 내가 사진 찍는 모습을 본 것은 그때가 처음이자 마지막이었을 것이다.

아들에게 카메라 가방을 건네달라고 하자 아들은 아무 생각 없이 카메라 가방을 들었다. 순간 카메라 가방 안에 있던 렌즈며 장비들이 밖으로 왈칵 쏟아져 내리려고 했다. 나는 순간 소리를 꽥 질렀다. 아들은 놀라 가방을 놓았다. 그때 아들의 얼굴을 잊을 수 없다. 너무 놀라고 어쩔 줄 몰라 하는 아들의 모습을 백련암 바위 위에서 본 것이다.

아들을 데리고 백련암에 왔을 때 성철 스님은 이미 이 세상 분이 아니었다. 성철 스님은 아들이 태어나기도 전에 입적했다. 성철 스님이 입적하기 전 텔레비전에 나온 적이 있었다. 그때는 그해 4월에 태어난 딸아이의 손을 잡고 텔레비전에 나오는 스님을 가리키며 부처님 나오신다고 말했다.

아들은 그런 스님을 텔레비전을 통해서도 보지 못했다. 나는 아들에게 신령한 경험을 해줄 요량으로 백련암에 데리고 왔지만 아들은 그 일 이후로 내내 시무룩한 표정을 펴지 않았다. 아들을 데리고 집으로 오는 길에 바닷가로 데려가 물놀이를 하게 해주었다. 아들은 조용히 물속에서 놀더니 금방 입술이 새파래졌다.

이제는 물에서 나와 집으로 가자고 해도 아들은 결코 나오려 하지 않았다. 벌써 20년도 넘는 오래전 일이다.

그때 질렀던 소리가 이번 촬영 내내 귓가를 맴돌았다. 아들은 그때 일을 잊었을지 모르나 그때 받은 상처는 어떤 형태로든 가슴속에 새겨졌을 것이다. 이제 장성한 아들은 카투사에 가서 국가에 헌신하고 있다. 만나면 어깨를 껴안고 몸을 흔드는 사이지만 그때의 일은 나 스스로에게도 결코 잊히지 않는 깊은 상처로 남아있다.

한겨울 백련암에는 사람 그림자라고는 없었다. 암자 뒤를 돌아 바위로 가는 길에도 누구 하나 제재하지 않았다. 아직 잔설이 덮인 길에는 노루 발자국 외에 사람이 다닌 흔적이 없었다. 노루도 도를 닦나? 하기야 있는 그대로 참이라고 하니 노루인들 왜 공부를 안 하겠는가.

미끄러운 잔설 길에 넘어지지 않기. 가끔은 백련암이 한눈에 보이는 바위 위에 걸터앉아 소요를 극복하려는 사람들 살피기. 노루가 할 일이 이 정도면 충분하지 않겠는가. 노루 발자국이 남아있는 바위 위에 올라온 것은 해 뜨기 전의 새벽. 백련암 밑에 차를 대고 함께 따라온 아내와 딸에게 백련암을 함께 보자고 부추겼건만 묵묵부답.

고요한 암자의 새벽, 아내와 딸의 몸을 데우는 자동차 엔진 소리만 멀리서 들렸다. 나는 암자 위 바위에 올라 여명이 밝을 때까지 발을 동동 구르며 몸을 데웠다. 아들은 고함 소리 때문에 아내와 딸은 추위 때문에 우리는 오늘도 한자리에 있을 수 없었다. 나는 홀로 카메라를 들고 손을 비벼가며 오래전의 고함 소리와 멀리서 들리는 자동차 엔진 소리에만 섭섭함을 표할 뿐이었다.

"내 말에 속지 마라." 성철 스님을 생각하면 나는 이 말이 가장 충격적이고 감동스럽다. 모든 법문에 속지 말라고 하시는 말을 이렇게 옮기셨으니. 스님의 상좌인 원택 스님이 스님께 한 말씀 부탁했을 때 "자신을 속이지 말라"고 하신 것이 소승이라면, "내 말에 속지 말라"는 대승의 차원이다. 개인을 넘어 사회를 향한, 종교에 대한 심안을 주창하는 말로 들리는 것은 나뿐이겠는가.

"산은 산이요, 물은 물"로 한바탕 우리 사회가 지적 탐구와 선적 심오를 겪은 때가 있었다. 동네 뒷산이든 명산이든 천하를 주유하고 돌아와본 산이 옛산일지언정 이전의 산이 아니어야 하거늘, 여전히 그대로라면 천하 주유가 무슨 소용이 있을 텐가. 산은 산이고 물은 물이로되 이해와 관용이 없는 현상은 그대로 현상일 뿐.

이것을 비추는 현상도 지우고 현상을 비추는 거울도 지우면, 산은 말 그대로 소리의 음만 빌린 산이요 물은 그대로 소리를 문자화한 표기에 불과하다. 그러니 이미 산은 산도 아닌 것이요 물은 물도 아닌 것이다. 그저 한 바퀴를 돌아 여전히 책상은 책상이 되고 걸상은 걸상이 되는 것이다. 앉을 것은 앉아지고 책을 놓을 곳은 그대로인 것을.

몸을 오들오들 떨면서 백련암 사진을 찍고 있지만 차 안에서

내가 오기를 기다리는 아내와 딸이 가엾기도 하고 섭섭하기
그지없기도 하다. 생각은 멀리 성철 스님의 머리 꼭대기를 갔다가
지랄맞은 서방질로 이어지기를 몇 시간. 차로 돌아왔을 때 아내와
딸은 깊은 잠에 빠져있었다.

차를 앞으로 뒤로 움직여 좁은 주차장을 빠져나와 부산의 집으로
오는 동안 차 안의 식구는 누구 하나 깨지 않았다. 백련암의 생생한
두 번째 기억이다. _⊙

머리로 하는 공부,
발끝으로 하는 공부

눈 녹는 원당암

눈이 채 녹지 않은 해인사 원당암의 자태는 늠름했다. 겨울 햇살과 바람이 원당암을 부드럽게 감쌌다. 언젠가 영천 만불사 주지스님의 부탁으로 해인사 방장스님을 촬영하러 들어온 적이 있었다. 그때나 지금이나 해인사 원당암은 변하지 않았다. 변한 것이라고는 시절에 따라 내린 눈이 전부였다. 눈 때문에 원당암은 더욱 환하고 밝았다.

무엇보다 혜암 스님의 말씀이 새겨진 하얀 비석이 눈에 띈다.
"공부하다 죽어라."
하얀 화강석을 붓 대롱처럼 깎아 바위에 말뚝 박듯 힘차게 박아두었다. 마치 배꼽 같은 것도 보이니 붓 대롱을 형상화한 사람 같기도 하고, 가부좌를 틀고 앉은 이상 공부를 끝내지 않으면 일어나지 않을 의지의 형상 같기도 하고.

"공부하다 죽어라"는 혜암 스님의 벼락같은 화두를 친필로 옮긴 것이다. 올바른 마음으로 제대로 공부를 하면 죽어도 죽지 않을 것이라는 대의를 밝힌 선사의 큰 말씀이다. 나는 이 글 앞에 한참을 서 있었다. '공부하다 죽다니, 공부하고 죽어야 하는 것 아닌가'라는 의심 때문이었다. '한번 자리를 펴고 공부를 위해 앉은 이상 죽을 각오로 공부를 끝내고 자리를 털어야 하는 것은 아닌가'라는 의심 때문이었다. 이 의심은 원당암을 촬영하는 내내 내게 화두로 들어앉았다.

원당암의 잔설은 해가 드는 곳부터 녹고 있었다. 원당암을 내려다볼 수 있는 언덕의 눈도 이미 한쪽은 다 사라지고 누런 잔디가 시절 인연을 기다리고 있었다. 그러고 보니 인동초가 꽃을 피우기

위해서는 겨울을 나야 하고, 떼를 앉힐 때 생기는 떼와 떼 사이의
느슨한 자리를 메우기 위해 푸른 잔디는 누런 잔디로 겨울을 나야
하는 법. 겨울을 이기는 것이 공부이고 겨울이 나고 봄이 오면 꽃을
피우는 것 또한 공부일진대, 우리는 자신의 계절만을 기다리고
있는 것은 아닌지.

원당암이 앉은 자리는 그다지 넓지 않지만 원당암을 조망할 수 있는
자리는 넉넉하다. 원당암 옆으로 가면 원당암과 해인사를 한꺼번에
볼 수 있다. 맞은편 산 숲길에서도 원당암을 내려다볼 수 있다.
자리에 따라 원당암의 다른 모습을 보여준다. 그렇지만 어디서
보아도 원당암의 모습은 의연하고 늠름하다. 건물과 건물의
간격이 적당하여 답답하지 않고 서로 멀지 않아 외롭지도 않다.
사람과 사람 사이의 간격도 이 정도면 딱 좋겠다.

원당암 맞은편 산길에는 정자가 하나 있다. 겨울 정자의 눈 위에
누군가의 발자국이 지워져가는 흔적이 있었다. 그 누군가도
여기까지 홀로 올라왔나 보다. 그 옆에 작은 동물의 발자국도
흐려지고 있었다. 언젠가는 저 사람의 발자국도 지워지고 우리의
생도 지워질 터인데, 올바른 마음으로 공부를 하면 지워지지
않는다는 말이 새록새록 가슴속에서 피어올랐다. 그 생각 한 줄을
잡고 먼지 앉은 정자의 한 모퉁이에 기대어 하염없이 원당암을
내려다보았다.

언젠가 불교를 깊이 공부한 친구에게 마음의 실체가 무엇이냐고
물었다. 그는 현명하고 지혜로운 사람이다. 그는 주머니에서

스마트폰을 꺼내들었다. 그가 꺼내든 스마트폰은 '온(on)' 상태가
아니었다. 아직 불이 들어오지 않은 스마트폰을 보여주며 이것이
바로 마음의 실체라고 말했다. 잘 알아듣지 못하겠다는 표정으로
그의 눈을 들여다보자 그는 스마트폰을 켰다. 그러면서 그 안에
있는 수많은 앱 중에 지금 어느 것을 누르고 싶냐고 물었다.

그러고는 본래 마음은 '온' 되지 않은 스마트폰과 같은 것인데
거기에 의식이 앱을 켜는 순간 우리의 의식은 스마트폰을 켠 곳으로
집중된다고 말했다. 이어서 자기가 다루는 앱을 자기라고 인식하게
된다는 것이다. 본래 마음의 꼴과 평소 마음이라고 인식하는
의식의 꼴을 이렇게 간단히 설명했다. 나에게 그의 말은 놀라운
충격이었다. 그리고 그의 말을 들은 뒤로 내 의식을 타자화할 수
있는 경이로운 경험을 하게 되었다.

현명하고 지혜로운 이의 한마디는 사람을 바꾼다. 통상 우리가
어렵다고 느끼는 불교의 마음공부를 이렇게 스마트폰으로
강설할 수 있는 사람은 그다지 많지 않다. 우리가 살아가는 현실
세계를 반영한 설명이야말로 불교를 모르는 나에게도 쉽게
다가오는 법이다. 어려운 경전 말씀을 경전에 쓰인 그대로 옮기면
필부인 나로서는 알아듣기 힘들다. 전문가에게는 전문용어가,
비전문가에게는 이런 은유가 통하는 법이다. 저잣거리로
내려왔으면 저잣거리의 용어로 법을 설할 수 있어야 할 일이다.

꽤 시간이 지나도록 정자에 앉아 원당암을 내려다보았지만 사람의
움직임이 하나도 없었다. 이 정자를 찾아 올라오는 사람도 없고.

내가 앉은 정자에는 해가 들지 않고 멀리 원당암에는 겨울 햇살이 유리알 바스러지듯 반짝였다. 알고 보면 여기도 속세, 저기 절집은 승려들의 속세다. 그럼에도 여기는 햇살이 들었다 지는 형국이고 저기는 아직 햇살이 남아있는 시간. 그러나 여기도 저기도 속세인 것을.

정자에 앉아 하염없이 생각의 흐름에 자신을 맡긴 스스로를 부추겨 자리를 털고 일어났다. 이러다가는 오늘 하루 종일 정자의 기둥이 될 듯. 언제나 촬영을 나오면 갈 길은 멀고 해가 저서야 집으로 가는 것이 다반사인데, 이렇게 앉아있으면 오늘은 하루가 모자랄 판이다. 누구에게나 가야 할 길이 있고 그 길이 바로 공부의 길이라고 한 혜암 스님의 말씀을 떠올리며 카메라를 어깨에 둘러멘다.

힘겹게 올라온 잔설 쌓인 오르막길을 미끄러지지 않고 잘 내려가기. 미끄러지지 않고 잘 내려가는 것도 이 길을 올라왔다 내려가는 중에 해야 할 공부다. 그렇지만 산을 다 내려와서 미끄러지지 않으려고 했던 그 생각이 산길에서 일어났는지 스스로에게 물어보자, 그런 생각을 한 적이 도무지 없다는 결론이 났다. 공부는 머리로 하는 것이 아니라 이럴 때는 발끝으로 하는구나.

원당암을 내려와 집으로 가는 길은 어두웠지만 오늘 한 말씀 얻어들은 마음의 경전은 내내 빛을 발하고 있었다. _◉

원당암이 내려다보이는 인적 없는 팔각정

양산 통도사

09 극락암 極樂庵

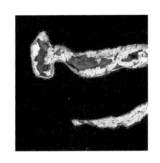

재치와 유머가 찰찰 넘치는 삶

극락암을 지키는 송릉(松陵)

극락암에는 삼소굴(三笑窟)이 있다. 극락에 가면 세 번 웃는다는
것인지, 세 번 웃어야 극락을 갈 수 있다는 것인지 볼 때마다
의아해지는 당호다.

1953년 통도사 극락호국선원 조실에 추대된 경봉 스님은 자신이
머무를 자그마한 처소를 삼소굴이라 이름했다. 삼(三)은 우리에게
여러 가지를 암시한다. '천·지·인'은 물론이고 삼세번도 있으니,
우리 삶에서 떼려야 뗄 수 없는 의미 있는 숫자로서 우주의 극수다.
경봉 스님은 소(笑)를 두고는, 염주를 목에 걸어놓고 이리저리
찾다가 결국 목에 걸린 것을 발견하고 껄껄 웃는 것이라고
말씀하셨단다.

염주를 목에 걸어둔 채 이리저리 찾기를 수도 없이 한다는 말인데
요즘 내 상태가 이러기는 하나 아직 삼소는 가보지도 못하고
삼노(三怒)의 경계에 있다. 자연스레 일어나는 현상을 받아들이지
못해 스스로를 업신여기고 분노를 일삼는 패기만 살아있다는
뜻이다.
아무튼 경봉 스님의 삼소는 이렇게 전해지나 본래의 삼소는 다른
이야기다. 이야기는 중국 동진시대까지 거슬러 올라가야 한다.

정토종의 초조인 혜원(慧遠)이라는 스님이 381년 여산에
동림정사(東林精舍)를 창건한 이후 "그림자는 산을 나가지 않고
발자취는 속세에 들이지 않는다(影不出山 跡不入俗)"라는 금율(禁律)을
세워 30년 동안이나 산문을 나가지 않았다고 한다. 그 산문의
경계가 호계(虎溪)라는 시냇물이었다.

그러던 어느 날 당시 최고의 유학자요 시인인 도연명(陶淵明)과 도사인 육수정(陸修靜)이 찾아와 즐거운 시간을 보냈다. 그리고 그들을 배웅하면서 혜원 스님은 무심코 호계를 건너고 말았다. 그때 호랑이가 크게 울어 호계를 건넌 사실을 깨달은 세 사람은 박장대소를 했다.

이 일화가 사자성어 호계삼소(虎溪三笑)로 전해진다. 말 풀이 그대로 하면 '호계라는 시냇가에서 세 사람이 웃는다'는 뜻이다. 이것은 유불도(儒佛道)의 진리가 그 근본에 있어 하나라는 것을 상징하는 이야기가 아니겠는가. 이 이야기를 그림으로 그린 '호계삼소도(虎溪三笑圖)'도 많이 전해진다. 그림에는 시냇가에서 서로를 보며 크게 웃는 세 사람의 현인이 그려져 있는데, 이것은 세 종교가 만나 하나처럼 웃는다는 깊은 뜻을 내포한다. 그러고 보면 염주를 목에 걸어놓고 이리저리 찾다가 결국 목에 걸린 것을 발견하고 껄껄 웃는 것이라는 경봉 스님의 말씀과 별반 다르지 않다. 그 염주가 그 염주인 셈이기 때문이다.

삼소가 세 번 웃는 것이 아니고 세 사람이 동시에 웃는다는 뜻임을, 삼소굴에 여러 차례 와서야 알게 되었다. 글이 보인다고 그냥 그 뜻이 읽히지 않으며, 당호를 쓰는 데도 무심히 쓰지 않는 깊은 뜻을 이 나이에 들여다보게 된 것이다.

경봉 스님이 이름 지은 것이 또 있다. 우리가 통상 절집 화장실에서 만나는 '해우소(解憂所)'도 스님의 작품이다. 화장실을 '근심 푸는 곳'으로 명명했으니 그 이름이 과연 적절하다고 생각했는데

소변 보는 곳은 '급한 것을 쉬어가게 하는 곳'이라고 해서
'휴급소(休急所)'라고 명명했다고 한다. 스님은 분명 삶의 깊이뿐
아니라 재치와 유머가 찰찰 넘치는 분이었음에 틀림없다.

그러나 경봉 스님 가신 지는 이미 오래. 가시면서 제자들을
불러놓고 "야반삼경에 문빗장을 만져보거라"는 한 말씀을
남기셨다는데, 당신이 입을 수의를 보고 적어두신 삼소일지에는
이렇게 적혀있다. 스님은 18세부터 85세까지 67년 동안 매일
일기를 썼다고 한다. 아래는 입적 14년 전에 쓴 일기다.

> 부산에 사는 제자 이대각심이 작년에 내 수의를 지으라고
> 옷감을 마련해 비구니 사미니에게 주었는데 이달이 음력
> 윤달이라고 해서 오늘 내 수의를 짓기 위해 보살들과
> 비구니들이 모여와서 옷을 지었다.
> 의복이라도 수의라고 하니 대중의 마음도 이상하게 씁쓸한
> 감이 든다 하고 나도 생각에 본래 거래생멸(去來生滅)이
> 없다고는 하지만 세상 인연이 다해가는 모양이니 무상의
> 감이 더욱 느껴진다.
> 금년 병오년에서 무진년을 계산하면 39년인데 그동안 내가
> 받은 부고가 무려 640명이구나. 이 많은 사람들이 다 어디로
> 갔는지 한번 가고는 소식이 없구나. 옛 부처도 이렇게 가고
> 지금 부처도 이렇게 가니 오는 것이냐 가는 것이냐. 청산은
> 우뚝 섰고 녹수는 흘러가네.
> 어떤 것이 그르며 어떤 것이 옳은가. 쯧쯧쯧
> 야반삼경에 촛불 춤을 볼지어다.

야반삼경에 촛불 춤이라니. 지 죽는 줄 모르고 한껏 몸을 놀려가며
생의 끝을 향해 달리는 그 촛불을 말씀하시는 것인지. 스님이
살아생전 쓰셨던 극락암의 편액을 보고 있노라면, 살아있는
동안의 촛불은 자신을 태워 세상을 밝히고 살아있는 동안의
사람은 그 언과 행으로 세상을 밝힌다는 생각이 절로 난다.

경봉 스님의 삼소굴 현판은 당시 서예 대가이자 경봉 스님의 서예
선생이기도 했던 석재 서병오 선생의 글이지만, 여여문(如如門)의
편액 글씨는 경봉 스님의 친필이다.

기름이 흐르듯 찰지고 유려하다고나 할까 호방하다고나 할까,
돌처럼 무겁다가도 나비처럼 가볍게 날아가는 글씨에서
선기(禪氣)의 파장이 역력히 느껴진다. 그러고 보면 지리산 영원사
상무주암의 편액인 '상무주(上無住)'도 경봉 스님의 글씨. 여여문에서
느끼던 것과는 또 다른 느낌이었지만 한 경계 달라보였던 것은 다
이런 이유가 있었기 때문이다. 훅 불면 꺼지는 촛불같이 연약한
생명에서 이런 글이 나오고 사자후가 나오는 것이다.

명찰이 집 가까운데 있는 것은 복 중의 복이다. 몇 걸음 안 가
만나는 경봉 스님의 자취를 느끼고 싶으면 나는 극락암으로 간다.
가는 곳마다 극락이라고 하지만 경봉 스님의 숨결을 만나고 싶거든
극락암 삼소굴의 빗장을 만져볼 일이다. _◉

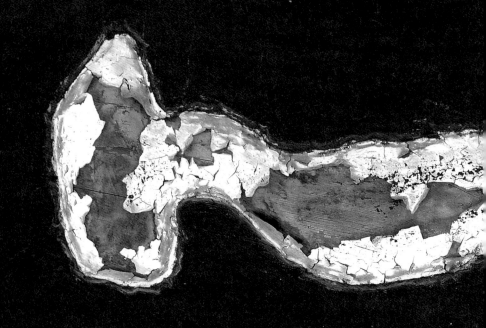

경봉 스님이 쓴 여여문(如如門) 편액의 문(門)

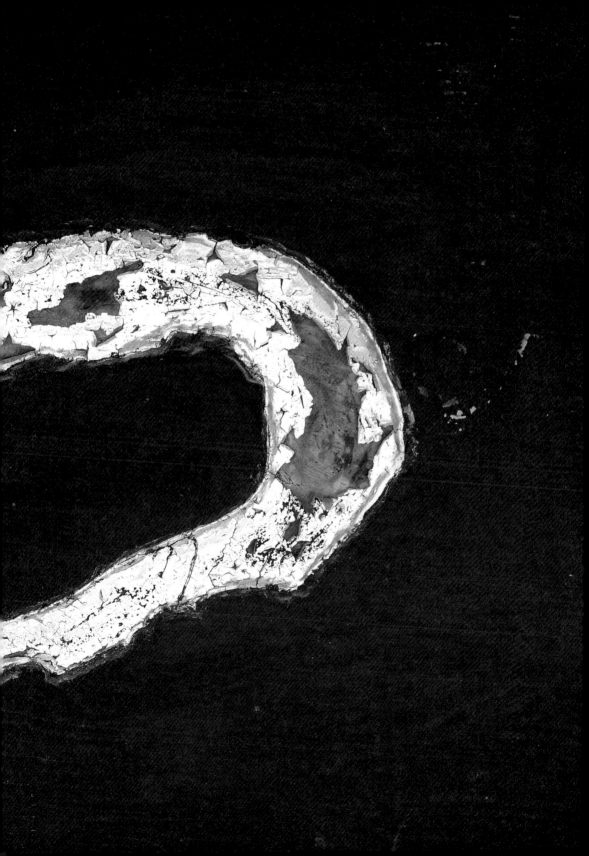

여여문(如如門)

양산 천성산

10　미타암^{彌陀庵}

양산 천성산

10　미타암 彌陀庵

당신의 봄은 아직 살아있는가?

미타암에서 본 양산 시내

봄 산은 마치 벌레가 기어가는 것 같다. 산의 덩치가 작으면 작은
대로 크면 큰 대로 솜털이 고물고물거리며 온 산이 기어간다.
산 능선 한 자락에 눕기라도 하면 솜털이 곰실곰실 움직여 온몸을
간질이며 산 아래로 아래로 밀어내려줄 것만 같다. 봄 산이 마치
살아있는 애벌레 느낌이 드는 것은 바로 이 곰실거리는 간지러움
때문이다. 이것이 바로 산의 봄이다.

양산의 천성산은 그다지 크지도 않고 거칠지도 않다. 그래서인지
애벌레 같은 느낌이 더더욱 강하게 든다. 그 곰실곰실한 애벌레
솜털 같은 산의 암자에는 어떤 스님이 살까?
"연을 만드는 분이 삽니다."
"연이 뭐예요? 하늘을 나는 연?"
사람은 아는 만큼만 질문한다. 절집에 국보급 스님이 사는데
연을 만드는 분이라 하니, 내 입에서 나온 질문이 고작 하늘을
나는 연이다.

연(輦)은 사찰 문 밖에서 신앙의 대상과 재(齋)를 받을 대상을
도량으로 모셔오는 의식에 사용되는 가마를 말한다. 다시 말해
부처님을 법당으로 모시는 가마를 연이라고 한다. 그런데 이런
연이 근세 100년 동안 제작된 적이 없다가 최근에 만들어져
범어사에 봉안되었다고 한다. 그리고 그 연을 만든 스님이
천성산 미타암에 산다는 것이다.

암자로 가는 길은 여러 갈래다. 산세가 좋아 그를 탐하러 가기도
하고 역사적 가치를 보러 가기도 한다. 때로는 이전의 인연을

못 잊어 가기도 하고 거기 사는 특별한 스님을 뵈러 가기도 한다.
이번 경우는 오래전부터 연을 만드는 스님이 가까운 양산 천성산
미타암에 계신다며 함께 뵈러 가자는 친구를 따라나선 것이다.

미타암에 오르니 산 아래 도시 일대가 한눈에 보인다. 바글바글
옹기종기 살고 있는 모습을 매일 이 산 이 높이에서 보면 세상이
좀 다르게 보일까? 아무리 지금 여기가 저 아래 세상과 다르다지만
지금 여기도 저 아래 세상의 법칙이 그대로 적용되는 법. 마음만
한결 복잡한 세상을 떠나와 잠시 있을 뿐이지, 한 발만 저 세상으로
들이면 그 법칙에서 단 한 줄도 벗어나지 못하고 톱니바퀴처럼
돌아야 하는 법이다.

차를 달이는 스님의 손놀림은 고요하고 부드럽다. 그렇듯 차도
맑고 투명하고 맛나다. 한참 차를 달여주고는 암자 구경까지
시켜주겠다면서 산 위로 우리를 데리고 올라갔다. 세상에나,
온 산이 철쭉밭일세!

스님은 철쭉밭에서 정신을 차리지 못하는 나를 멀찌감치서
바라보며 아주 흐뭇한 표정을 짓는다. 살면서 철쭉밭이 내 것인
양 이렇게 마음 편하게 드나들어보기를 했겠는가. 지천으로 널린
철쭉밭에서 앉아도 보고 서도 보고 사진을 쉴 새 없이 찍어대는
나를 놔두고는 스님은 또 다시 산 아래 도시를 한량없이 내려다본다.

세상에는 내 것이 아닐지라도 즐기면 내 것이 되는 게 있다.
소유의 문제를 말하는 것이 아니라 세상의 모든 것은 즐기는 자의

것이라는 이야기다. 오래전으로 거슬러 올라가, 나는 우리나라 굴지의 건설회사 사장의 별장 짓는 현장에 투입된 적이 있었다. 그때도 마침 봄이었는데 별장 정원에는 그해 봄에 옮겨 심은 온갖 꽃이 피고 있었다. 꽃뿐 아니라 새순을 밀어 올리는 나무가 내뿜는 봄의 에너지는 장관이었다.

나는 매일 그런 것을 보면서 하루하루 충실하고 행복이 가득한 나날을 맞았다. 그런데 정작 그것을 소유한 사장은 기껏해야 일주일에 한 번, 바쁘면 이 주에 한 번 별장에 들렀다. 그러고는 정원의 아름다움을 제대로 즐기지 못한 채 오는 손님에게 정원 자랑을 잠깐 하고는 술 마시러 방으로 들어가기 바빴다.

봄을 지내고 여름이 올 즈음까지 나는 여전히 별장 정원에 매일같이 물을 주었다. 하루하루 나무가 자라고 꽃을 피우는 것을 보면서 스스로 놀라운 발견을 했다. 그것은 지금의 이 모든 것이 온전히 내 것이라는 깨달음이었다. 비록 내 소유는 아닐지라도, 나무에게 물을 주며 꽃과 이야기를 나누며 그들이 하는 말에 귀를 기울이며 대화가 가능했던 순간순간이 온전히 나와 나무와 세계가 일체가 된 순간이라는 것을 알게 되었던 것이다.

우리가 소유에 몰입하는 순간 세계와 내가 하나라는 것을 까맣게 잊어버린다. 스님은 그것을 이미 알고 있었던 것이다. 내가 철쭉밭에서 천방지축 뛰어노는 것을 마치 자신이 온전히 즐기는 것을 다 내준 듯 함께 즐기는 셈이다.

자기 소유는 아니지만 자기 소유물처럼 무엇인가를 나누어줄 수 있는 경지가 바로 미타암 암주의 경지다. 그리고 철쭉밭에 나를 풀어놓은 스님이 바로 여기 미타암의 암주이자 범어사의 범어연 만드는 것을 총도감한 명천 스님이다.

금정총림 범어사에서 범어연을 만든 것이 벌써 2013년의 일. 고종 황제를 위해 연을 만든 이후 실로 100년 만이었다. 이 연을 만드는 데는 24개 분야의 명인 16명이 참여해 480일이 걸렸다고 한다. 이런 스님 한 분 덕분에, 연은 맥이 끊기지 않고 100년 만에 이 땅에 과거의 모습을 그대로 간직한 채 다시 나타나게 된 것이다.

한 분의 올곧은 정신은 그 자체로 불(佛)과 법(法)이 되어 새 시대를 맞아도 변하지 않고 그대로 전해진다. 이것은 불가의 일이기도 하거니와 세상의 일이기도 하다. 그런 점에서는 하나 다를 것이 없다. 귀한 것은 그대로 귀함을 받는 세상이 절집에만 있을 것이 아니라 이 저잣거리의 마을 세상에도 그대로 존재해야 한다.

귀하고 고유한 것은 절집에 있든 저잣거리에 있든 그 가치가 변하지 않기 때문이다. 철쭉밭에서 그것을 즐길 줄 아는 이를 아이 풀어놓듯 하는 것이 바로 이런 가치를 인식하고 베푼 행위가 아니겠는가. 스스로 그것을 즐길 줄 모른다면 누구를 이 자리로 모시겠는가. 봄 속에 있어도 봄을 모르는 이에게는 실로 봄은 내내 오지 않는 계절일 뿐이다. 어떤가? 당신의 봄은 아직 살아있는가? _◉

미타암 철쭉

봄 벌레 가는 천성산

하동 지리산

상선암 上禪庵

안간힘을 쓰며 기어오르는 돌덩이들

바위를 두고 홀로 비상하는 상선암

가끔 암자로 가는 길은 가을 낙엽 위에서 바늘 찾기와 같다.
근처에 온 듯한데 아무리 찾아도 산을 오르는 입구가 보이지
않았다. 지리산의 이원규 시인이 가르쳐준 곳 근처까지 와서
오르락내리락하며 길을 찾는데 도무지 그 입구가 보이지 않는다.
'도대체 도인들은 왜 이런 곳에 사는 거야?'

길이 있을 만한 곳을 찾아 아스팔트 길 아래로 내려갔다 씩씩거리며
다시 올라오니 차를 세워둔 곳에 누군가 서있었다. 낡은 등산화를
신고 바지는 핫바지, 윗도리는 등이 따뜻하라고 입은 듯하나 구멍이
듬성듬성. 여러 차례 기운 넝마 같은 것을 걸친 채 머리에는 늘어진
빵모자를 얹어놓은 듯 썼다. 옷이 전체적으로 회색 느낌이다.

"스님, 상선암 올라가는 길이 어디 있습니까?"
스님은 아무 말씀 없이 차를 댄 반대편을 가리켰다. 아까 그렇게
오르내리던 길섶이었다. 낙엽 쌓인 돌계단이 그제야 보였다.
감사 인사를 하려고 돌아보니 스님은 온데간데없고 차만
덩그러니 혼자 서있었다.

발로 낙엽을 밀어가며 돌계단을 오르자 숲 사이로 외길이 보였다.
몇 걸음 더 오르자 길 옆에 쇠파이프로 만든 지게가 LPG 통을
하나 업고 비스듬히 누워있었다. '저 통을 매고 매번 상선암을
오르내린단 말이야?' 저잣거리의 삶도 고달프지만 승가의 삶도
먹고 싸고 몸을 데우는 일로 인생의 반은 족히 보내는 듯하다.

가을은 깊어가고 나무는 하나같이 옷을 벗는데 길은 외길, 오가는

150

사람 하나 없다. 족히 40분은 오른 듯, 하늘이 열리고 큰 나무 아래
검은 지붕이 보였다. 암자의 첫인상은 마치 땅에 내려앉아 나는
법을 잊어버린 새 같았다. 올라가보니 기와가 아닌 검정 칠을 한
양철 지붕이다.

목탁이 하나 문 옆에 걸려있다. 밀짚모자가 하나, 검고 낡은
슬리퍼가 한 짝, 샘 옆에 바가지가 하나, 지리산 능선이 바라보이는
곳에 의자가 하나 있다. 짝을 이룬 것이라고는 칫솔 두 개가 다였다.
하나는 스님 것, 다른 하나는 도반을 위한 것?

상선암은 가난했다. 암자 밑으로 텃밭을 가꾸는 흔적이 있지만
좁다. 겨우 한 사람 먹을 몫이나 날까. 암자 아래로 돌아 내려가니
햇살이 드는 암자 마당과 달리 서늘한 기운이 흘렀다. 냉하다고나
할까 햇살이 들어오지 않아서 그럴까, 소름이 끼치는 듯한 냉기를
느끼며 주위를 살펴보았다.

거기에는 바위와 돌덩이가 널브러져 있었다. 그런데 가만히
살펴보니 모든 바위와 돌덩이가 하나같이 능선을 타고 암자를 향해
기어오르는 것처럼 보였다. 부처가 되려고 상선암에 왔다가 사람도
못 되고 부처도 되지 못한 채 언덕 아래로 굴러떨어진 인연들로
보였다. 울어도 울 수 없고 기어오르고 싶어도 기어오를 수 없는
몸을 가진 바위와 돌덩이들이었다.

사람으로 태어나기 위해서는 그 인연이 겁(劫)을 넘어야 한다는데,
여기서 공부하다가 사람도 못 되고 부처도 못 된 부처 지망생들이

저렇게 나뒹굴고 있는가. 과연 저 돌덩이들을 어찌 돌이라고만
할 수 있겠는가. 겁을 넘어 다시 사람으로 오기 위해 안간힘을 쓰며
암자로 기어오르는 돌덩이에 소름이 돋았다. 가슴이 한없이 아리고
슬픔이 가없이 몰려왔다. 마치 내가 돌덩이가 된 양.

그때 암자 뒤편 숲에서 장끼도 아니고 까투리 나는 소리도 아닌,
나무를 비비고 숲을 헤쳐가는 듯한 소리가 크게 들렸다. '멧돼지?'
서있던 자리에서 꼼짝도 못하고 한참을 있었다. 소리가 난 곳으로
귀를 기울이며 다시 소리가 날 때까지 기다렸다. 공포는 상상력에서
온다고, 겁을 먹었는지 오금이 저렸는지 발이 떼어지지 않았다.
5분? 10분? 고요가 한참 지났을 때 주위를 한번 둘러보고는 서둘러
산을 내려오기 시작했다. 산짐승이 따라올 것 같아 무슨 소리라도
나면 가슴이 철렁 내려앉았다.

어디 이야깃거리 있는 암자 없느냐고 이원규 시인에게 물었더니
서슴없이 상선암을 추천했다. 거기 한 미국인 스님이 살았는데
어느 겨울날 잘 지내나 해서 찾아갔더니 사람 꼴이 말이
아니더란다. 커피가 너무 마시고 싶다고 해서 다시 산을 내려가
커피를 구해 오기는 쉽지 않아, 자신이 타는 오토바이 뒤에
태우고 구례 다방으로 모셨다는 이야기였다.

한겨울, 오토바이 뒷자리에 앉아보지 않은 사람은 모른다.
더구나 바람이 숭숭 들어오는 장삼 자락을 휘날리며 시속
100킬로미터로 영하의 바람을 맞아보라. 얼굴이 찢어지고
속살이 파이는 느낌이 들었을 것이다. 오토바이 뒤에,

헬멧도 없이 매달려 온 까까머리 스님은 어찌 되었을까?
꽁꽁 언 채로 구례 다방으로 들어선 스님은 쩔쩔 끓는 커피를
헐레벌떡, 자그만치 일곱 잔을 연거푸 들이켰단다.

커피를 마신 후 다시 오토바이를 타고 돌아갔는지 택시를 타고
돌아갔는지는 전해 듣지 못했다. 하지만 이역만리 먼 곳에서
스승을 찾아 한국으로 온 것도 대단하지만 이 땅의 법도에
따라 스님 생활을 하는 것 자체가 큰 공부였을 것이다. 그렇게
보면 억겁을 넘어 사람으로 태어나 도를 찾아 공부하는 스님들
또한 예사로운 인연은 아닌 것이다. 그렇게 보면 물리적 거리로
이역만리를 건너온 것이나 시간의 거리로 겁을 넘어온 것이나
뭐가 그리 다르겠는가?

작은 소리만 들려도 철렁 내려앉는 가슴에 내가 왜 여기를 왔던가
하는 생각을 하다, 이원규 시인이 들려준 이야기가 떠올랐다.
그의 이야기를 되새기며, 보지도 못한 산짐승의 공포를 떨치며
허겁지겁 산을 내려왔다. 하지만 지금까지 내 가슴 한편에
그 검은 바위와 돌덩이들이 무겁게 자리 잡고 있다.
범부의 가슴에도 저 무게가 사라지지 않을진대,
어찌 미륵 부처님이 이 땅에 다시 오지 않을 수 있으리오. _◉

상선암에 오신 가을 부처님

부처가 되려고 상선암으로 기어오르는 바위와 돌덩이

12

하동 쌍계사

국사암 國師庵

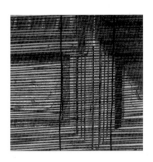

부처님은 도대체 어디로 가신 걸까?

돌배 익어가는 국사암의 초가을

"국사암 머 할라꼬?"
"국사암 가는 길이 이쪽입니까?"라고 묻자, 가래를 맨 촌로가
격음을 한껏 섞어 한 답이다. 국사암 가는 길을 묻는데,
국사암 왜 가느냐는 뜻이다.

"이리로 가면 국사암 갑니까?" 다시 물었다.
"그리로 가면 국사암 가나?"
해석하면 그 길은 국사암 가는 길이 아니라는 뜻인데,
마치 이 동네를 왜 들어왔느냐는 듯 퉁명스럽기 짝이 없는 말이다.

휑하니 차를 돌렸다. 백미러로 돌아본 노인은 커브를 돌 때까지
나를 지켜보고 있었다. 마을 사이를 빠져나와 오르막 샛길로 들자
'국사암' 이정표가 보인다. 노인의 거친 목소리보다 때로는 말 없는
한 줄 글자가 낫다. '왜 그 노인은 길 찾는 나그네에게 하대했을까?
길 잃어 자기 마을로 들어온 이에게 왜 저토록 적대적일까?'
이런 생각을 하면서 국사암 주차장에 차를 댔다.

주차장에서 암자로 가는 길은 지척. 암자로 들어서자 반대편
숲 속으로 바람처럼 흔들며 돌아가는 소맷자락이 보였다.
휘적휘적 소맷자락은 오르막길을 쉬이 올라갔다.

국사암 편액을 찍고 가을 단풍을 찍고 투명한 바람을 찍은 후
툇마루에 잠시 허리를 걸치려고 할 때 아까 소매 끝을 흔들며
산속 길로 사라지던 스님이 인기척도 없이 나타났다.

"거사님 이리 와보시오."
사파리 모자를 쓴 스님은 잠자리채 같은 것을 들고는 처음 보는
나를 재촉했다. 따라간 곳은 절간 뒷마당.
"선물이오."
이러면서 돌배나무의 돌배를 잠자리채 같은 것으로 흔들어 따서
주었다. 돌배 세 알.

"이 잘생긴 놈은 거사님이 드시고, 좀 못난 놈은 친구랑 드시고,
아주 못난 놈은 나누어주시오."
돌배 세 알을 건네며 말했다. 감사 인사를 하기도 전에 스님은
다시 소매를 휘적거리며 뒷문으로 사라졌다.

본 적도 없고 만나 적도 없는 이에게 난데없이 돌배 세 알을 주니
그저 감사한 마음에 주머니가 터지게 챙겨 넣었다. 나는 여전히
암자를 돌며 가을 햇살에 익어가는 시절을 담기에 바빴다.
암자의 앞과 옆과 뒤와 위를 돌아다니면서 햇살을 더 담을 수
없을 때, 한여름을 건너온 발이 보였다. 발 너머로는 색 바랜 문짝과
툇마루와 툇마루 아래 낡은 신발 두 짝이 보였다. 바람이 불면 발이
일렁이고, 발이 일렁이면 발 너머의 형상은 일그러졌다 제 모습
찾기를 반복했다. 발 너머로 반쯤 열린 문 안의 부처님도 바람에
흔들리는 발에 따라 보였다 일그러졌다를 반복하고 있었다.

한참을 서서 그 광경을 보다가 카메라를 들이대는데,
벌컥 옆문이 열리며 보살이 나왔다.
"뭐 하세요?"

보살이 물었다. 반듯하게 빗어 올린 머리가 귀인상이다.

발을 찍는다는 말을 한들 들어줄 것도 아니어서
"아무것도 아닙니다"라고 했다. 그랬더니 보살이 다시 물었다.
"뭐 하세요?"
답을 하기도 궁핍하고 안 하기도 마땅찮은데, 카메라를 들고
선 뒤로 보살이 다가왔다.

답을 못한 것은 내가 발을 찍는 것도 아니고 발 뒤를 찍는 것도
아니기 때문이었다. 그렇다고 바람에 흔들리는 발을 찍는 것도
아니었다. 바람과 바람에 흔들리는 발과 그 위를 비추는 햇살,
그리고 발의 살과 살 사이를 투과하는 빛의 움직임에 따라 이렇게도
보이고 저렇게도 보이는 발 뒤를 딱히 찍는 것도 아니었다. 각각의
것이 흔들고 흔들리고 일그러졌다가 사라지고 그러다 또 나타나는
어떤 것의 총체적 조화? 아니면 그런 찰나? 그것도 아니면 그런
것이 움직이는 과거와 미래의 시간을 포함하는 현재? 이것 또한
아니라면 저 모든 것이 나의 의식에 투사된 실재 없는 의식의
끄나풀? 딱히 답을 할 수 없는 이유가 수도 없이 많았다.

보살은 퉁명스러운 목소리로 다시 물었다.
"뭐 하세요?"
답을 하지 않은 채 카메라를 다시 발에 겨누었다.
그때 뒤에 서있던 보살 너머로 문이 벌컥 열리며 들리는 한 목소리.
"그만하고 가시오."

뒤를 돌아보니 조금 전에 돌배를 따주던 스님이 한 키 높은
곳에 서서 내려다보고 있었다. 돌배를 따줄 때는 조근조근한
목소리였으나 내가 무례를 범한 것도 아닌데 스님의 호령은
단호하고 강압적이었다. 카메라를 접고 국사암을 나오는데,
들어갈 때 못 본 커다란 느티나무를 보았다. 이름하여 사천왕
느티나무. 가지가 크게 네 갈래로 갈라져 붙여진 이름이다.
느티나무를 뒤로 하고 둘러둘러 내려오는 국사암 길에 몸을 맡겼다.
우로 한 번 좌로 한 번 핸들이 꺾이고 몸이 기울 때마다 싱글싱글
웃음이 나왔다.

가을이 한없이 깊어가는 국사암 길을 내려오는 내내 유치하고
궁금한 한 생각이 머릿속을 떠나지 않았다. 친절하게 처음 본
사람을 불러, 소매를 휘휘 흔들면서 잠자리채로 돌배를 따주며
설법을 하던 그 부처님은 도대체 어디로 가신 걸까? _◉

단풍 드는 국사암

돌배가 셋, 부처가 셋

얽히고설키기가 저잣거리만 하겠냐마는

함양 지리산

13 상무주암 上無住庵

검은 감자 한 쪽의 기억

빛과 그림자 사이, 길과 길 없는 길 사이, 거기가 바로 싱무주 가는 길.

상무주암을 처음 찾은 것은 막 비 그친 초여름이었다.
상무주 좁은 마당의 반상은 벌써 산행 차림의 건장한 사내 몇이
차지하고 있었다. 그때나 지금이나 알록달록한 등산용 옷은 왠지
사람의 덩치를 커 보이게 한다. 좁은 반상에 곰처럼 큰 궁둥이를
걸친 채 떠들어대는 허세에 찬 사내들의 목소리는 잦아들 기미가
보이지 않았다.

비 그친 암자의 빗소리 대신 떠들썩한 사내들의 허세가 한 순배쯤
돌았을까. 난데없이 사내들 코앞에 큰 주먹을 불쑥불쑥 내미는
스님이 계셨다. 박으로 만든 바가지에 손을 넣었다가는 사내들
코앞에 주먹을 쑥 내밀면, 떠들던 사내들이 허리를 낮추거나
머리를 조아리며 뭔가를 받아들었다.

반상을 돌아 마당 입구에 서있는 내게도 주먹을 내밀었다. 생각보다
큰 주먹. 검고 드센 것이 어린 아이 머리통만 하네? 생각이 머릿속을
채 스쳐 지나가기도 전에 스님은 손을 뒤집어 손바닥을 보여주었다.

'감자?'
오링 테스트처럼 엄지와 검지를 맞대면 그 동그란 구멍 사이로
술술 빠져 나갈 것 같은 거무튀튀하고 앙증맞은 것들이 손바닥에
놓여있었다.

사내들의 떠드는 소리가 어느새 잦아들고 하나둘 자리를 털고
일어서기 시작할 때 한 사내가 감자를 주신 스님께 난데없이 이런
말을 던졌다.

"스님, 저는 죽을 때까지 지리산 종주를 1천 번 할 생각입니다. 매주 서울서 오는데 오늘로 5백 번을 넘겼습니다."

박 바가지를 들고 돌아서던 스님은 마치 자신을 오도가도 못하게 하는 말을 듣기라도 한 듯 일순 그 자리에 돌장승처럼 뿌리를 내렸다. 그리고 아주 짧은 순간이었지만 뭔가 하려던 말을 삼키듯 숨을 고르고는 뒤도 돌아보지 않고 그대로 공양간으로 사라졌다. 그러자 스님께 말을 던진 사내도 아까부터 떠들썩하고 시끄럽기만 하던 등산객들도 약속이나 한 듯 마당을 빠져나갔다. 벌써 20년도 전의 일이다.

요즘 말로 '촉'이라고 한다. 센스나 감각이라고 해도 좋을 것이다. 영원사를 향해 가파른 오르막길을 오르다보면 길이 잠시 숨을 죽이면서 왼쪽으로 휘어진다. 거기 도랑이 있고 그 위에 시멘트 다리가 걸쳐있다. 여기 시멘트 다리 위에 앞바퀴를 걸치면서 액셀을 밟는 순간 여지없이 영원사 마당까지 직행이다. 이때 촉이 제 힘을 발휘를 한다. 촉이 내공에서 신공으로 바뀌는 순간이 바로 이런 순간이다.

다리에 물렸던 앞 타이어를 중심으로 후진. 잠시 차를 내려 한숨을 돌린다. 영원사 올라가는 길 반대쪽으로 낙엽에 묻힌 돌계단이 힐끗 보인다. 사람의 의식은 보고자 하는 것만 본다. 그러나 촉은 의식 이전의 것을 본다. '본다'라기보다는 '느낀다'가 옳을 것이다. 영원사 쪽에서 경유차 내려오는 소리가 들린다. 노무자들이 탄 6인승 짐차다. 역시!

"상무주암 가려고 하는데 이쪽 맞습니까?"
사내 중 하나가 창문을 열며 고개를 끄덕였다.
"얼마나 걸릴까요?"
"한 이시뿐 걸릴 낍니더."
거친 경상도 어투가 차 유리문 닫는 사이로 들렸다. 그리고 문이
채 닫히기 전에 들려오는 또 다른 사내의 웃음 띤 목소리.
"머시 이시뿐이고? 아무리 빨라도 사시뿐은 걸리지!"

이정표도 없는 곳에서 20분이면 어떻고 40분이면 어떠냐?
방향만 제대로 잡는다면야! 평생을 엉뚱한 방향으로 가는 게 중생.
오늘은 족히 한 시간 부처는 되겠군!

"스님은 카메라만 보셔도 경기(驚氣)하십니다."
문에는 긴 작대기가 걸쳐있었다. 여러 차례 인기척을 내자
보살이 나왔다. 스님 사진 한 장 찍으러 왔다는 말에 보살이
한 말이었다. 사진을 찍고 안 찍고는 스님이 결정할 문제이니
스님께 물어보겠다고 해도 막무가내었다. 결국 카메라를 공양간
마루에 두고 빈손으로 스님께 인사를 드린다는 조건으로
방에 들어갈 수 있었다.

방에는 스님 외에 대여섯 명의 객이 앉아있었다. 스님께 가볍게
인사하고 상무주암에 23년 만에 찾아왔다고 하니, 객 중 하나가
부부처럼 보이는 두 분을 가리키며 30년 만에 상무주암에 오신
분들이라고 소개를 했다. 20년이 지나고 30년이 지나도
다시 한 번 가보고 싶은 곳이 진정한 암자일 것이다.

풍광이 좋아 다시 찾을 수도 있고 암주를 흠모해 다시 올 수도 있다. 가슴 한편에 알 수 없는 그리움을 남기는 곳. 다시 와도 변함이 없는 곳. 그런 곳을 꿈꾸며 나는 다시 가고 싶은 암자를 순례하고 있다. 그것이 검은 감자 한 쪽의 기억일지라도.

객 중에는 내가 알고 있는 분도 한 분 계셨다. 부산에서 찻집을 하는 도림 선생이었다. 그분이 스님께 맛있는 차를 선물로 드렸다. 스님은 받은 차를 우려 우리에게 한 잔씩 나누어줬다. 이때 창호지 문 너머 사선으로 들어오는 빛이 스님을 감싸 안았다. 빛이 마치 스님을 안고 지키는 모습이었다. 머리 뒤로는 후광처럼 밝은 빛이 더해지고 지금이 바로 셔터를 끊어야 할 찬스. 순식간에 사라질 빛이었다.

"스님 사진 한 장 찍어도 되겠습니까?"
벼르기만 해서는 결과가 없는 법. 보살의 눈을 피해 급습하듯 스님께 물었다.
"사진 찍어 뭐 할라꼬?"
답이 왔다. 안 된다가 아닌 답이 왔다. 얼른 자리에서 일어나 공양간 마루에 있는 카메라를 들고 들어와 제자리에 다시 앉았다. 스님을 싸안은 빛이 어느새 뒤로 물러나고 있었다. 사광에서 역광으로 바뀌기 시작하는 순간이었다.

스님의 자세는 아직 결정되지 않았다. 차를 따르는 모습을 기다려야 했다. 스님께서 한 말씀만 더하시면 이제 빛은 역광으로 넘어갈 판이다. 빛은 아무도 기다리지 않는다. 그저 왔다가 때

되면 간다. 그것을 알아차리는 것은 한 점의 빛을 먹이로 삼는
우리의 소관일 뿐. 절정의 순간은 언제나 있다고 하지만, 지금은
일기일회(一期一會)다.

"스님, 사진 찍어서 딴 데 안 쓰고 스님께 보내드리겠습니다."
순간 거짓말을 했구나 깨달았지만 말은 이미 입을 떠나가버린
뒤였다.

가파른 돌밭 길을 쉬지 않고 오를 때 첫 번째 사내의 20분이 지나도,
두 번째 사내의 40분이 지나도 상무주암은 나타나지 않았다.
사내들이 말하던 20분과 40분의 중간인 30분쯤 지났을 때 길을
가로 막는 물소리가 들렸다. 길은 외길. 길을 잘못 들 일도 없고
다시 재촉한 산길 끝에서 만난 상무주암 방 안에서 뱉은 거짓말.
이제 빛은 완전히 역광으로 자리 잡기 시작했다.

그때 스님은 사진에 대해 어떤 말씀도 하지 않고 다시 차를 따랐다.
셔터가 세 번 끊어졌다. 스님도 사라지고 거짓말도 사라지고
상무주암도 사라졌다. _◉

상무주는 길 너머에 있나니

상무주의 선기(禪氣)

3장

천년의 시간을 만나러가는 길

경주 남산

14 칠불암 七佛庵

필부는 필부처럼
부처는 부처처럼

웃지도 않고 울지도 않기를 천년

경주 남산은 작지만 국립공원으로 유네스코 세계문화유산
경주역사유적지구에 속한다. 남산이 국립공원인 이유는 그 작은
산 전체에 절터가 무려 100여 곳, 석불 80여 구, 석탑 60여 기가
널려있기 때문이다. 한마디로 노천 박물관인 셈인데, 등산로 하나만
올라도 보물급 유적을 계속 만나게 된다.

남산의 석불은 오래전 「뿌리깊은 나무」에서 근무한 강운구 선생의
카메라를 통해 세상에 알려졌다. "세계 최고의 사진가는 세계
최고의 작품을 찍는다"는 말이 있다. 남산에 이름 없이 나뒹굴던
불상이 강운구 선생의 손에 의해 다시 이 세상에 역작으로
살아나게 된 것은 결코 우연이 아닐 것이다.

경주 남산은 천년 전 통일신라의 수도 서라벌의 땅이자
3산(나력산·골화산·혈례산) 5악(동악 토함산·서악 계룡산·남악 지리산·북악
태백산·중악 팔공산)과는 별도로 이 땅에 사는 사람들이 신앙의
대상으로 숭배하던 곳이다. 당시 화백회의는 남산의
오지암(亐知巖)이라는 바위 위에서 열렸고 근자에 재건된 월정교는
신라 왕궁이 있던 월성과 남산을 잇는 다리였으니, 당시 신라인에게
남산이 지닌 가치를 능히 짐작할 수 있다. 신라의 왕과 귀족, 화랑이
월정교를 건너 남산에 자주 행차했다는 사실을 『삼국유사』도
전하고 있다.

아무튼 신라인의 남산을 찾아간다는 것은 보통 인연이 아닌 듯하다.
경주에 살면서도 남산에 한 번도 오르지 않은 사람들이 있을
것이라는 생각을 하면, 멀리 부산에서 남산을 찾아와 오르며 과거에

내가 신라 왕족이거나 귀족, 아니면 화랑이었을지도 모른다는 재미난 상상을 하는 게 이상할 것도 없어 보인다. 아니면 신라 저잣거리의 필부였던들 이 인연이 아니면 어찌 다시 찾아 오를 수 있으리오.

이런저런 혼자만의 생각에 빠진 채 남산 입구, 칠불암 가는 길을 한참 올라가니 여기저기를 가리키는 이정표 뭉텅이가 보였다. 칠불암 1.9킬로미터. 가끔 산을 오르다 낭패를 겪는 경우가 있다. 바로 이정표와 실제 거리가 다를 때다. 칠불암 입구 입산 기록을 쓰는 검문소에서 '칠불암 2.0킬로미터'라는 이정표를 본 후 500미터는 족히 들어온 것 같은데 칠불암 1.9킬로미터라니!

주위를 둘러보아도 물어볼 사람 하나 없는 산길을 씩씩거리며 다시 오르기 시작했다. 이미 걸어 들어온 500미터가 헛수고가 된 것이 괜히 억울했다. 이렇게 되면 산을 오르면서 계속 뒤를 돌아보게 되고, 보이는 건물마다 칠불암으로 보이게 된다. 속 좁은 사내의 억울함이 분이 되어 쉬이 삭지 않기 때문이다.

오늘따라 날이 갑자기 추워지고 바람이 맹렬하게 분다. 그런데도 등줄기 골 사이로 땀이 줄줄 흐른다. 길은 거의 화강암 돌길. 신라의 왕과 귀족과 화랑과 평민이 걸었을 반들반들하게 닳은 화강석 바위와 돌덩이 위를 걸었다. 한 번은 왕처럼 또 한 번은 귀족처럼 또 다른 한 번은 화랑처럼 남은 한 번은 평민처럼 산을 올랐다. '전생이 있다면 어찌 왕이 아닌 적이 있으며 또 평민이 아닌 적이 있었을까?' 이런 생각을 하는 동안 어느새 칠불암이 보였다.

마지막 계단을 박차고 올라가 절 마당에 들어서는 순간,
아차! 한 걸음 늦었다. 해는 이미 서산 너머로 뉘엿뉘엿하고
칠불암 마당의 마애삼존불은 그늘 속으로 숨어들고 말았다.
동쪽을 보고 앉은 마애삼존불 앞 석주에는 동서남북 사방으로
부처님이 앉아계셨는데, 그중 남쪽으로 앉은 보생불의 머리
위에만 유일하게 약간의 빛이 남아있었다.

서둘러 카메라를 움켜쥐고 보생불의 후광을 찍는데 한 생각이
스쳤다. 그러고 보면 우리는 부처님의 민낯을 친견한 적도 없이
오직 부처님의 후광만 따라 2,600여 년이 지난 지금에 이르렀구나.
그리고 그것은 신라인이 부처님의 옅디옅은 후광을 등대처럼
이 남산 바위 위에 빚어두었기 때문이었구나. 그 덕분에 나는
지금 풍랑 치는 고해의 바다를 건너 등대가 있는 이 남산으로
다시 돌아올 수 있었구나.

내가 선 자리에서 삼존불을 친견하기에는 눈이 어둡고 아둔하다.
삼존불 옆에 '신선암 마애보살반가상 200미터'라고 작은 이정표가
서있다. 하늘을 보니 아직 햇살이 남아있다. 봉황 대신 꿩이라고
신선암으로 잽싸게 올랐다. 정상에 오르자 '신선암 60미터'라는
이정표가 보인다. 가리키는 곳으로 내려가니 갈림길 한가운데
이런 문패가 떡 버티고 있다.

"생태복원을 위해 출입을 금지합니다. -경주국립공원사무소장"

길은 세 갈래. 직진하는 오솔길과 정상으로 오르는 길, 그리고

내리막길이다. 내리막길을 내려다보니 암자가 보이지 않는다.
그렇다면 거침없이 직진, 결정. 필부의 결단이 이러하지 않겠는가.
고난의 길을 선택하지 않고 편한 길을 우선 선택하는 것이 필부의
삶이다.

전진 10미터도 못 가서 길이 막혔다. 사람들이 다니지 않아 헤치고
갈 수가 없다. 결단이 빠르니 포기도 빠르다. 작전상 후퇴. 세 갈래
길에서 정상으로 맹진. 또 길이 막혔다. 바위 하나를 지나자 사람
다닌 흔적이 그다지 오래 되진 않았지만 길은 이미 가시덤불 같다.
다시 내려와 세 갈래 길.

직진도 쉽게 맹진도 쉽게, 더불어 포기도 쉽게. 마지막 길은
아래로 가는 수밖에. 희미한 빛은 아직 잔상을 남기고 석불의 연좌
위를 스치고 있었다. 한숨 돌릴 시간을 얻었다. 필부는 필부처럼
결정하고 부처는 부처처럼 결정한다. 그래서 필부는 필부고 부처는
부처다. 필부를 중생이라 불러도 좋을 것이다. 칠불암에서 삼존불을
놓쳤으니 신선암이라도 찍어볼 요량으로 숨을 헐떡이며 다급하게
올랐더니, 신선암은 없고 마애보살반가상만 만났다. 보살님이
계신 이 바위가 신선암인가? 필부는 결정도 빠르다.

이제 앉아 빛이 서리기만 기다리면 된다.

남산의 동쪽으로 앉은 바위에 새겨진 동향(東向)의
마애보살반가상은 앉아서 보면 화난 듯 보이고 서서 보면 웃는
듯 보인다. 왼쪽이나 오른쪽을 돌아가 서서 보면 윙크하듯 보이고

양쪽에 앉아서 보면 무표정하게 보인다.

'보살님, 참 표정 다양하시네예.'

하기야 잣나무도 부처고 똥막대기도 부처라고 하니 한 얼굴이
천의 얼굴, 만의 얼굴이 아니리오.

'철퍼덕' 셔터가 끊어지기 시작했다. 웃는 모습도 찍고 미소 짓는
모습도 찍고 화난 얼굴도 찍고 무표정한 얼굴도 찍었다.
이 모든 모습을 담은 얼굴을 찍어야 할 차례다. 표정 전의
표정을 찍어야 한다. 가히 8세기 신라의 장인은 그 모습을 어떻게
돌 속에 담았을까? 그리고 나는 그것을 어떻게 받아들여야 할까?
결국 나는 신선암 마애보살반가상을 가장 필부의 모습으로 담았다.

신선암°이 실제로 존재했고, 내가 찍은 바위가 신선암이
아니었을 것이라는 생각이 그때 불현듯 스쳤다. 신라인이 어찌
이 부처님을 산중에 홀로 모셨겠는가? 불(佛)이 있으면 법(法)이
있고, 법이 있으면 승(僧)이 있어야 다시 불이 있거늘. _ⓞ

◎　"보살상 자리에서 산 정상 쪽으로 조금 올라가면 넓적한 바위가 있는데, 거기에
　　돌을 쌓아 건물의 터를 잡은 흔적이 남아있다. 지금은 기와 조각들만 흩어져있을
　　뿐이지만, 근래에 이르도록 칠불암에 소속된 신선암이라는 암자가 있어서 보살상을
　　신선암 마애불이라 부르고 있다. 그러나 신라 당대에 어떤 이름으로 불렸는지는 알 수
　　없다."(윤경렬, 『겨레의 땅 부처님 땅-경주 남산』, 불지사, 1993, 143쪽)

196

저녁 햇살의 기울 잠들었

경주 남산

15 옥룡암 玉龍庵

거칠고 주름진 손으로 새긴 간절함

개울물 마른 옥룡암

경주 남산의 옥룡암에 들어서면 피안과 차안이 없다.
산을 오르는 수고도 없고 일주문도 없고 사천왕문도 없다.
바로 여기가 극락이고 지옥이다. 그런 깊은 뜻을 가지고 지었는지,
본래는 있었는데 없어진 것인지도 알 수 없다.

사람들이 사는 골목 입구를 따라 올라가면 바로 옥룡암이 나오고
주차장이 나온다. 길은 소나무 길. 가본 적은 없는 극락길처럼
예쁘다. 온다고 반기는 스님도 없고 간다고 인사하러 나오는 이도
없다. 현대적이고 개인적이다. 말을 기어코 하자면, 내 체질이다.

암자 취재를 하고 다닌다 하니 친구에게서 연락이 왔다.
"내 팁 하나 주까?"
이러면서 추천한 곳이 바로 옥룡암이다. 일주문이 있는지
사천왕문이 있는지 그런 언급도 없었다. 대구 사는 목수 친구
차정보 선생의 말에 따르면 거기 돌부처님들이 정말 좋다는 것뿐.
목수 친구도 동행했다.

날은 춥고 해는 구름 사이로 수시로 들락거렸다. 차정보 선생이
하늘을 향해 호통을 칠 때마다 해가 나왔다. 함께 온 친구들은 해가
나올 때마다 "와!" 하고 웃었다. 경계가 없으니 절집에서 떠드는
것인지 산속에서 떠드는 것인지 구분이 없다. 그래도 부처님 앞인데
경건해야지. 입술 앞에 검지를 세우자 시끌벅적한 소리가 잦아졌다.

나로서는 불교나 불교미술에 그다지 밝지 않으니 옥룡암 뒤 큰
바위에 새겨진 부처님과 불교의 다양한 불상을 보아도 누가

206

누구인지 모르는 경우가 많다. 대개 자료를 뒤져 공부를 해가면서 촬영한다.

그런데 자료를 뒤지는 중 다음 블로그의 '지공선사 최재혁'이라는 분의 글을 읽게 되었다. 내용인즉, "이곳은 통일신라시대 사찰터로 추정된다. 보물 제201호인 이 불상군은 높이 10미터, 사방둘레 30미터에 이르는 거대한 바위의 사면에 온갖 조각이 새겨져있다. 우리나라는 물론 중국에서도 찾아볼 수 없는 특징은 여래삼존상은 물론이고 비천상, 승려상, 보살상, 사자상, 7층목탑, 9층목탑, 나무, 코끼리상 등등이 어우러져 한판의 불교종합예술인 것이다."라고 쓰고는 이어서 다음과 같이 덧붙였다.

"안내하는 경주박물관 고위 관계자분은 이 암각화에서 가장 의문점이 여래삼존불과 외국승려, 코끼리는 왜 없는지 하는 것이라고 했다. 아직 누구도 알아내지 못하고 추측조차도 어렵다고 한다."

무슨 내용인지 궁금해 인터넷 블로그에 남겨진 전화번호로, 늦은 밤이라 염치가 없는 줄 알면서도 전화를 했다. 단단한 나무를 두드릴 때 나는 소리 같은 청량한 남자 목소리가 응답했다. 너무 서두르는 바람에 내 이름도 먼저 밝히지 못한 채 하고 싶은 질문부터 했더니, 거리낌 없이 돌아온 답은 그 바위 자체가 코끼리여서 일부러 코끼리를 새기지 않았다는 것이다.

그리고 삼국을 통일한 신라가 자신의 아픔은 물론 고구려와 백제의 아픔까지 껴안기 위해 '구원과 통합'이라는 명제 아래 이런 불교종합예술을 새겼다는 것이었다. '옳거니!' 그의 한마디 한마디가 깊은 이해를 도왔다. 새기지 않아도 되는 것을 새기지 않는 안목과 여유. 이것이 바로 신라인의 것이다.

그렇기는 하지만 내게는 여전히 의문이 남았다. 석공의 조각에는 미려하거나 가슴을 치는 감동이 없었다. 암각화를 보고 있으면 왠지 웃음이 나오고 서툰 느낌이다. 평소 보아온 암각화나 불상과는 다르다. 도대체 이 느낌을 무엇이라고 해야 하나?

아까부터 노보살님 한 분이 탑곡 마애불상군을 돌고 있었다. "우리 아들이 큰놈은 58년 개띠고 작은놈은 연년생으로 59년생인데, 둘 다 일본서 박사를 받아 큰놈은 일본에서 교수를 하고 작은놈은 프랑스에서 교수를 한다 아이가. 우리 대에는 국민학교도 하나 제대로 졸업한 사람이 없는데…. 아, 그라고 며느리도 박사 며느리다."

연세가 어떻게 되시냐 물었는데 이런 답이 돌아왔다. 하실 말씀을 다 한 후 올해 80이라 하시고는 다시 탑곡 마애불상군을 돌았다. 오르락내리락 여간 힘들지 않을 텐데…. 얼굴에 주름 가득하지만 아직 짱짱하게 걷고 기도하는 것은 자식을 위한 마음 때문일 것이라는 상상을 하며 옥룡암을 내려오던 중 무릎을 탁 쳤다.

'아, 저 보살님 같은 신라인의 자식 사랑하는 마음이었구나. 하루하루 기도하듯, 거칠고 주름진 손으로 강단 있는 화강암을

깎았구나. 저 마음이 자식을 넘어 신라는 물론 백제와 고구려를 다
아우르니, 거기 무슨 솜씨를 더하리오.'▸

봄을 기다리는옥룡암

승천하는 옥룡송(玉龍松)

대구 파계사

16 성전암 聖殿庵

"니는 뭐하는 사람이고?"

빛과 그림자는 뿌리가 하나

한여름의 매미 소리는 배고픈 아이가 식은땀을 흘리며 자지러지듯 우는 소리다. 횡격막을 부풀릴 수 있을 때까지 부풀려서 온몸의 바람이 바늘구멍 난 풍선을 빠져나가듯 절규한다. 언제나 느끼는 것이지만 한여름의 매미 울음은 비명 같다. 적어도 나에게는 그렇다.

나는 여행 중에 수없는 거짓말을 했다. 누군가 다시 올 것을 종용하면 항상 다시 오겠노라고 약속했다. 그렇지만 그 약속은 언제나 허언으로 끝나고 말았다. 다시 올 수 있으면 오겠노라고 답하지 않았다. 반드시 다시 오겠다고 했다. 그때는 정말 다시 올 심사로 말했지만 한 번도 지키지 못했다.

어딘가를 다시 간다는 것은 다시 만날 만한 억겁의 인연이 쌓인 후여야 함을 알게 된 것은 수없는 거짓말을 하고 난 뒤였다. 그리고 그 시간은 되돌릴 수 없음을 알게 된 것도.

"니 이름이 머꼬?"
런닝셔츠 바람으로 평상에 걸쳐 앉은 둥글둥글 몸집 좋은 스님이 정찬주 선생을 보고 물었다.
"정자 찬자 주자 씁니다."
"니 이름 중 이름이네. 중 하지 와?"

팔공산 성전암에 올라 암주스님을 찾아뵙자 스님의 첫마디였다. 그리고는 "사람은 숨을 잘 쉬어야 한다. 그래야 잘 산다."라고 했다. 풍채 좋은 스님의 말씀을 들으며 나는 스님이 무술이라도 하는 분인가 생각했다. 스님을 모시는 제자도 다들 풍채가 좋았다.
가슴이 넓고 용적이 컸다.

호방하고 경계 없이 사람을 받아들이는 스님의 목소리에는
여유로움과 함께 사람을 압도하는 에너지가 있었다.
이번에는 나를 보면서 "니는 뭐하는 사람이고?"라고 물었다.
나는 카메라를 들어 보였다. 스님은 나를 보고는 아무 말도 하지
않았다. 20년도 훌쩍 지난 그 옛날 팔공산 성전암에서 만난 풍광이
아직도 눈에 선하다. 그리고 지금 다시 성전암을 찾았다.

"철웅 스님은 계십니까?"
성전암에 간다는 데도 주차비 3,500원을 내라는 소리에 내뱉은
말이었다. 수문장보살은 꿈쩍도 하지 않았다. 주차비를 내고 가야
한다는 것이다. 그래서 나는 내심 철웅 스님 만나러 간다는 뜻을
비쳤다.

"철웅 스님이 언제 적 분이신데, 하하하. 벌써 돌아가셨죠."
수문장보살은 내 속을 빤히 들여다보고 있다는 듯 이를 훤히
드러내고 웃었다. 쉽게 물러날 내가 아니다.
"그럼 카드 됩니까?"
보살도 만만치 않다. 다시 웃음으로 응수한다.
"카드 안 되니, 요 밑에 주차장 맞은편 편의점에서 돈 빼서 오세요."

결국 차를 돌려 편의점까지 내려가 돈을 뽑아 입장료를 냈다.
보살은 여전히 생글생글 웃으면서 말한다.

"사장님 멋지십니다."
그 한마디 들으려고 차를 돌린 것도, 돈을 뽑으러 내려간 것도
아니었다. 세월이 그렇게 지나도록, 스님이 입적하시도록 까맣게
잊고 산 세월에 내는 부조금이었다. "숨을 잘 쉬어야 제대로 잘 살
수 있다"던 철웅 스님의 뒤늦게 도착한 부고장에 대한 예의였다.
입장료 징수 하나로 '한 소식' 한 보살님도 반갑고.

가을은 깊어질 대로 깊어지고 성전암의 그림자는 짙어질 대로 짙다.
누군가를 다시 찾아왔을 때 만나지 못하는 허전함은 말로 할 수
없다. 그리고 그것이 이 생 영영토록 만날 수 없는 사람이라면.

성전암의 그림자만 한껏 찍고 팔공산을 내려가는 길.
매미 소리 대신 바람에 실리는 한 목소리가 들렸다.
"니는 뭐하는 사람이고?" ⊙

빛 속에 색(色), 그림자 속에 공(空)

가을 햇살은 철웅 스님을 보내고

영천 은해사

17   중암암 中巖庵

푸른 하늘을 향해
온몸을 다 드러내는 도도함

바위굴 속의 중암암

한여름의 중암암은 푸른 나무 속에 숨어 이마만 겨우 내놓은
형상이었다. 중암암 뒤로 산길을 올라 내려다본 자태였다.
푸른 숲 속에 홀로 외로이 있는 중암암의 검은 지붕은 바람에
흔들리는 나무와 달리 굳건하게 그 자리를 그대로 지키고 있었다.
마치 바위처럼.

온 천지가 한여름의 노래를 부르고 있을 때 중암암은 그 자리에서
세상의 노래를 듣고 있었다. 바람에 씻기는 노래를 귀로 듣고
흘리고 몸으로 듣고 또 흘리고 있었다. 세상의 좋은 노래도 전해
듣고 나쁜 소식도 듣고는 흘려보내고 있었다. 한여름의 바람이 어떤
노래를 들려주어도 중암암은 그 모든 노래를 다 소화하고 있었다.

땀 흘려 올라간 중암암 뒤편 바위는 바람에 깎이고 세월에 깎여
위는 평편하고 모서리는 둥글둥글했다. 그래서인지 사람 하나는
편하게 받아주었다. 앉아보고 안아보고 엎드려보고. 그래도 바위는
말없이 다 받아주었다. 그런 바위의 벼랑 끝에 중암암은 나비처럼
사뿐히 앉아있다.

이 바위 셋을 이름하여 삼인암이라고 한다. 의기투합한 세 사람의
벗이 삼인암을 찾아 맹세하면 뜻을 이룰 수 있다는 전설이
전해진다. 홀로 왔으니 맹세할 일은 없다. 언제 웅지를 품고
맹세해야 할 세 사람이 있으면 꼭 여기서 하기를.

발길을 돌려 바위와 바위 사이를 날랜 산짐승처럼 날아 내려가는
길을 찾는 중에, 바위와 소나무의 기이한 모습을 만났다.

한낮의 뜨거운 햇살 아래서 부끄럽지도 않고 추할 것도 없이
서로 엉겨 마치 하나된 모습이었다. 육중하게 갈라진 바위 사이로
도도하게 말뚝을 박듯 뿌리내리고 선 저 숫소나무와 암바위.
질펀하게 놀아나는 한낮의 암수가 부끄럽기는커녕 도도하기만
하다.

그러고 보니 여기 삼인암에 아이를 낳지 못하는 여인네가 와서
정성껏 기도하면 아들 셋을 족히 얻을 수 있다는 전설도 있으니
바로 이 암수의 영험인가? 보기에 민망할 법도 한데 전혀 그런
기색 없이 푸른 하늘을 향해 온몸을 다 드러낸 모습이 오히려
감흥을 일게 한다.
그러게, 문명이 없다면 인간의 모습이 바로 저러했으리라.

남녀가 서로 부둥켜안고 하나가 되는 데 산이면 어떻고 들이면
어떠하리. 아들 셋을 족히 얻을 저 육중한 말뚝과 도무지 말뚝을
놓아줄 기세가 없는 암바위. 아기가 들지 않는 아낙의 마음을
충분히 설레게 할 만하지만, 삼인암 뒤 눈에 잘 띄지 않는 곳에 있다.
아들을 구하는 아낙이라면 언제라도 숲을 헤쳐 반드시 이 영험하기
그지없고 부끄럼 없는 만고 존재의 근원인 음과 양을 꼭 만나
소원을 풀 수 있기를 바라는 마음 간절하다.

중암암의 또 다른 이름은 돌구멍절이다. 암자로 가는 마지막
코스에도 돌구멍이 있고 삼인암에서 내려와도 돌구멍이 있다.
삼인암에서 내려와 만나는 구멍은 극락굴. 바로 서서는 갈 수 없고
옆으로 몸을 비껴야 겨우 지나갈 수 있는 곳이다. 배부른 사람은

들어가지 않는 것이 좋다. 그럴 정도로 좁다. 부자가 극락을 가는
것은 낙타를 타고 바늘구멍을 지나가는 것만큼이나 어렵다고 하니
극락굴을 지나가면서 자신을 한번 시험해보는 것도 좋겠다.

그런데 부처님의 가르침을 제대로 알기만 하면 몸이 아무리 굵어도
여기를 지나갈 수 있다고 한다. 그러니 몸 굵은 사람은 자신의
공부를 시험하기 좋은 곳이다. 더군다나 소원을 이루려면 세 번을
들락거려야 한다니, 마음공부 몸공부 한 번에 해결될 곳으로
이만한 곳이 있겠는가?

가만 보니 중암암은 온통 구멍 이야기로 이루어진 암자 같다.
쌀이 나온다는 쌀 구멍 바위 전설도 있다. 암자에 한 사람이 있으면
한 사람 분의 쌀이 바위 구멍으로 나오고, 두 사람이 있으면 두
사람 분이 나오고, 세 사람이 있으면 세 사람 분이 나왔다고 한다.
그런데 인간이 욕심을 부려 쌀 구멍을 크게 뚫는 바람에 쌀은
더 이상 나오지 않고 큰 물이 쏟아져 구멍을 뚫은 사람을 단번에
삼켜버렸다는 전설도 있다.

그러나저러나 중암암의 압권은 누가 뭐래도 해우소다.
깎아지른 절벽 위에 암자가 있으니 근심을 푸는 곳 또한 절벽
위인 것은 당연. 낭떠러지 저 밑에서부터 벽을 타고 올라오는
바람이 엉덩이를 까고 앉아있는 사람을 공중부양이라도 시킬
기세다. 엉덩이를 까고 쭈그리고 앉아 천하를 비행하는
느낌을 중암암 해우소에서 만나다니!

이전에는 한여름에 올라왔고 오늘은 한겨울에 올라왔다.
암자에는 암주도 없고 공양주보살도 없다. 벼랑에 선 암자라
바람을 이기지 못했는지 인적 없는 암자 홀로 팔공산을 지키고
있었다. 까고 앉은 궁둥이가 꽁꽁 얼도록 해우소 비행을
나 홀로 즐기고 왔다는. _◉

중암암 삼인암의 숫소나무와 암바위

겨울을 홀로 나는 중앙암 기와

영천 은해사

18
운부암 雲浮庵

하루라는 오늘
오늘이라는 이 하루

매미 소리가 귀를 찢듯이 울리는 한여름의 운부암을 처음 오른 것이 벌써 20년도 전. 전국의 암자를 찾아다니며 촬영하면서 '암자란 무엇인가' 하는 마음의 숙제를 푼 곳이 바로 운부암이었다. 팥죽 같은 땀을 흘리면서 오른 운부암의 첫 모습은 푸른 하늘로 뛰어오를 듯이 세상의 모든 짐을 놓은 자태였다.

하늘은 푸르고 구름은 하얬다. 그리고 운부암의 보화루는 그것들 위로 훌쩍 날아올랐다. 운부암 보화루를 보는 순간 암자가 하늘 위로 날아가는 환영을 본 것이다. 그것으로 세상의 모든 암자가 예전과는 달리 보였다. 운부암의 보화루가 내게 준 가장 훌륭한 선물이다. 나는 암자의 존재 양식을, 저 암자들이 존재해야 하는 이유를 깨닫게 되었다.

나는 그날 보화루와 운부암의 곳곳을 돌며 촬영했다. 이전에는 하찮아 보이던 것이 빛을 발하기 시작했다. 세상에나! 그 모든 것은 자신이 있어야 할 자리에 있었다. 사람이 놓아둔 물건 하나도 제자리 아닌 것이 없었다. 운부암이 거기에 있는 것도 보화루가 새로이 이 자리에 서는 것도 다 인연의 자리요, 바로 여기가 아니면 안 되는 자리라는 것을 알았다.

그러니 암자를 떠돌다 운부암에 오게 된 것도 운부암을 통해 암자의 존재 양식을 이해하게 된 것도 모두 그 시간 내가 있어야 할 자리에 왔기 때문이었다. 세상의 모든 존재 중에 어느 것 하나 그 시간 그 자리에 있어야 할 것이 없었던 적이 있는가.

운부암은 하늘로 날아올라가고 나는 거기 서서 운부암의
흔적을 끊임없이 사진에 담았다.

그 이후 운부암은 항상 내 기억 속에 존재하고 있었다.
대구를 지나거나 팔공산을 지날 때면 항상 운부암이 머릿속에
맴돌았다. 하지만 인연 자리가 아닌 이상 시간이 나도 갈 수 없는
곳이 바로 운부암이었다.

오늘 이 자리에 다시 온 것이 어느덧 23년 만. 운부암은
그 자리 그대로였지만 변해있었다. 그때의 운부암은 소박하고
투박했다. 하지만 오늘은 새 옷을 갈아입은 듯 이전의 투박함은
없었다. 암자 전체가 정리되고 연못도 크게 파서 일신한
모습을 보여주었다. 그래도 변하지 않은 것은 운부암의
낙락장송이었다. 운부암을 올라오는 길에도 운부암을
올라와서도 낙락장송은 예나 지금이나 그 자리를 지키고
있었다.

모든 것이 변해도 변하지 않는 것이 있는 모양이다.
내 살아있는 동안 운부암 낙락장송의 변화를 읽어낼 수
있겠는가? 백년 인생이 천년 나무의 변화를 읽어낼 수
있겠는가? 운부암의 장송을 보면서 설악산 호랑이
무산 조오현 스님의 시조 한 수가 떠올랐다.

아득한 성자

하루라는 오늘
오늘이라는 이 하루에

뜨는 해도 다 보고
지는 해도 다 보았다고

더 이상 더 볼 것 없다고
알 까고 죽는 하루살이 떼

죽을 때가 지났는데도
나는 살아있지만
그 어느 날 그 하루도 산 것 같지 않고 보면

천년을 산다고 해도
성자는
아득한 하루살이 떼

운부암을 거닐면서 나는 천년의 시간과 만났다. 711년(신라 성덕왕 10)
의상 대사가 운부암을 창건한 후 걷던 그 마당을 오늘은 내가 걷고
있다. 이 하루는 길고 긴 시간 속에 찰나와 같지만 이 시간의
자리에는 과거 천년, 미래 천년이 동시에 존재한다.
그리고 그 시간이 아무리 길다고 한들 더 이상 볼 것이 없다고 알

까고 죽는 하루살이의 삶과 무엇이 다를까. 천년을 산다고 해도
성자는 그저 아득한 하루살이 떼에 불과한 것을.

죽을 때가 지났어도 살아있는 그 시간이 하루도 산 것 같지 않음은
바로 우리의 삶이 현재에만 귀속되지 않고 죽어 천년 살아 천년의
입체적 시공 속에 있음을 알게 되는 귀중한 경험이리라.

나는 천년 후 다시 운부암에 오지는 못하리. 그러나 이곳을 천년
후에 다녀갈 한 사람이 있어 그가 카메라를 들고 어슬렁거리며 내가
짚은 발자국을 그대로 짚으며 내 셔터 소리를 들을지도 모르는 일.
운부암은 여전히 그 셔터 소리를 간직한 채 천년 후에도 기꺼이
날아오를 것이다. ⊙

살얼음 낀 운부암의 연못

영천 은해사

19 거조암 居祖庵

고통을 안고 사는
인간 본연의 모습 그대로

거조암 영산전

살다보면 사람이 그리울 때가 있다. 도심 한가운데 수많은 사람들과
어울려 살지만 정작 외로움을 떨쳐버리지 못하는 이유는 주위에
사람이 없기 때문이다. 이때의 사람은 내 말을 알아들을 수 있는
귀를 가진 사람, 때로 나를 위로해주는 이를 말한다. 나 역시 상대의
말을 알아들을 수 있는 귀를 가졌는지 항상 반문하며 사는 이유가
여기에 있다.

세상에는 다양한 즐거움이 있고 기억에 남는 행복한 시간이 있다.
나는 친구들과 어울려 세상의 이치를 따지거나 옳고 그름을
이야기할 때가 아닌, 아무짝에도 쓸모없는 이야기로 낄낄거릴 때가
가장 행복하다. 그런 친구들이 좋고 그런 대화가 좋고 그런 자리가
좋다. 더불어 한 잔의 술이 함께한다면 더없이 귀하다.

내가 사는 집은 부산이지만 가끔 스님을 뵙고 싶으면 밀리 동두천
소요산 자재암으로 갔다. 부산서 가는 자재암 길은 말 그대로 천
리 길이다. 무엇을 바라거나 원하는 것이 있어서가 아니다. 그저
보고 싶다는 생각이 들면 천 리 길을 마다하지 않고 갔을 뿐이다.
세상에는 그렇게 사람을 편하게 하고 함께 있는 것으로 위로하는
분들이 있다.

스님은 미국에서 인류학을 공부했고 풍채가 좋았다.
특히 웃으면 개구쟁이 소년 같았다. 자재암의 신자도 아닌 데다
크리스천인 나를 동생처럼 대했다. 형이나 누나가 없는 나는,
말은 하지 않았지만 스님을 형님처럼 모시고 싶은 마음이
깊었는지도 모른다.

오랫동안 연락을 드리지 못했어도 항상 어느 절에 머무는지는 파악하고 있었는데, 이번에는 거조암으로 옮겼다는 이야기를 아내에게 전해 들었다. 길도 가까워, 얼른 채비를 차려 인사도 드릴 겸 거조암으로 향했다.

시골 마을의 좁은 길로 접어들고 멀리 거조암이 보일 때 검은 SUV차량이 먼지바람을 일으키며 쏜살같이 내 옆을 지나갔다. 백미러와 백미러가 부딪칠 듯 차를 능숙하게 몰며 먼지 속으로 사라졌다.

거조암 주차장에 차를 대고 주위를 돌아보는데 아까 먼지 속으로 사라졌던 검은 SUV차량이 다시 먼지를 일으키며 위쪽 주차장을 향해 다시 쏜살같이 올라가고 있었다.

"아, 내가 김홍희 씨 오기 전에 병원 다녀오라고 했더만 생각보다 일찍 왔네?"
여전한 소년 같은 미소와 너스레로 스님은 나를 언제나처럼 귀한 사람으로 맞아줬다.

"함께 백령도 여행하다가 폭풍우에 갇힌 이후 처음 만나는 것이니 10년은 훌쩍 넘었지?"
사람을 받는 태도가 다르다. 함께 공유한 추억을 뒤져 일단 무장해제를 시킨다. 오랫동안 나누지 못한 이야기를 뒤로 하고 우선 차부터 한 잔 하자며 내주는 차는 고택의 숭늉처럼 넉넉하다.

거조암 촬영을 위해 문을 열어주고는 "찬찬히 찍으셔.
나는 우리 집 개들하고 놀고 있을랑게." 한다.

거조암 영산전의 외모는 내세우지 않는 수더분함이 매력의
절정이자, 나서지 않아도 드러나는 존재감이 내공의 형상화다.
하기야 영산전 안에 526구의 석조 나한상을 봉안하고 있으니
무엇으로 더 치장을 하겠는가?

영산전 나한을 둘러보는 동안 이런저런 생각이 떠올랐다.
우선 나한의 생김새가 모두 내가 아는 사람 같다. 위엄 있는
나한도 없지는 않았지만 어디서 다 본 듯한 얼굴들이라는 것이다.

부처님은 살아생전 젊은 날의 혹독한 고행으로 평생
십이지장궤양을 앓았다고 한다. 그 고통은 말로 하기 힘들 정도로
참을 수 없다고 하는데, 부처님은 신통력으로 그 고통을 해소한
적이 없다고 한다. 고통을 안고 가는 인간의 모습 그대로 살았다는
대목이 나로서는 경이로웠다. 부처님을 존경하지 않으려야 않을 수
없는 인간 본연의 면모를 본 것이다.

거조암 영산전에서 친견하는 526구의 나한이 이러했다.
한 분 한 분 내 주위의 누군가를 떠올리게 했다. 초등학생 등굣길을
지키며 쏜살같이 달리는 차를 세우고 아이들이 안전하게 지나가게
도와주는 동산 김명섭 선생도 거기 앉아있었다. 매일같이 카메라를
메고 밥벌이를 나서는 두 아이의 아버지이자 사진가인 문진우
선생도 한쪽 어깨를 기울인 채 역시 거기 앉아있었다.

사람들이 말을 해도 집중하지 않고 자기 좋은 이야기를 떠벌려
좌중을 휘어잡는 목수 차정보 선생도 거기 앉아있었고,
마치 위궤양으로 속이 쓰린 듯 하루 종일 인상을 쓰며 돌아다니는
부산 공간화랑의 주인장 신옥진 선생도 거기 앉아있었다.

500이 넘는 나한은 내가 아는 누군가와 모두 연결되어 있었다.
모든 것을 다 떨쳐냈지만 십이지장궤양 하나 정도의 육체적 고통은
감내하고 가는 사람, 나한들이었다. 특히 지구촌을 돌며 사업을
하는 흰머리 작은 거인 구병조 회장은 아예 남의 말을 듣지 않는
자세로 앉아있었고, 금융 사건으로 6년의 옥살이를 하며 이가
다 빠져도 눈빛은 형형한 윤 회장님도 그 자리에 꼿꼿이
앉아있었다.

거조암을 나설 때 영산전에 앉아있던 나한 한 분이 멀리까지
길을 바래다주었다. 거조암 암주 태관 스님이었다. _◉

거조암 절 마당

벗에게 물었다.
"누구냐고?"
벗이 답했다.
"자네와 나 아닌가?"라고.

나의 벗, 차정보

4장

어느 날 카메라도 버리고
남은 한 자루의 펜도 버리고

20 　고창 선운사
　도솔암 兜率庵

지나간 것과 멀리 있는 것은
모두 평온하다

길은 이미 걷는 걸음마다 바스락거린다. 길은 멀고 해는 진다더니 고창 선운사의 도솔암 가는 길이 그랬다. 인생에도 절기가 있다면 한 해의 사계와 같을 듯. 봄은 철없이 보내고, 찬란한 여름은 세상에 휘둘리다 보내고, 가을이 다 가는 이즈음이면 이제 인생의 계절은 겨울밖에 남아있지 않다는 것을 알게 된다.

봄에는 도솔암 뜰 앞 꽃에 코를 묻는다고 봄이 다가고, 여름에는 대숲 바람 소리에 청춘의 기개가 묻어나지만 어느새 가을이 되면 뿌려야 할 때 뿌리지 못한 시절로부터 너무도 멀리 왔다는 것을 알게 된다. 이쯤 되면 도솔암을 보기 위해 도솔암 문을 들어서지 않는다. 왜냐하면 도솔암에는 도솔암이 없다는 것을 이미 알 나이이고, 이 나이는 사물의 지식을 하나씩 하나씩 엮어 사유의 덩어리를 만드는 시절이 아니기 때문이다.

그러니 도솔암과 도솔암 내원궁을 보기 위해서는 도솔암 반대편 산으로 올라가야 한다. 그 산이 천마봉이다. 장군봉이라고도 불린다는데 기상이 준엄하다. 하늘을 향해 가파르게 서있는 철제 계단을 오르는 것은 고행이다. 밑을 보면 낭떠러지, 위를 보면 하늘이 보인다.

'천마봉 해발 284미터', 천마봉 꼭대기에는 동으로 양각한 표식이 바위에 박혀있지만 올라가는 동안은 십 리 길을 하염없이 위로만 올라가는 기분이다. 숨은 가쁘고 심장은 터질 것 같다. 같은 길이라도 바위를 밟고 오르는 것과 철제 계단을 밟고 오르는 것은 이렇게 다르다. 날은 춥고 바람은 차갑지만 등과 이마에는

270

구슬땀이 흐른다.

이때쯤 흙과 바위가 섞인 길이 나오고 뒤를 돌아볼 여유가 생긴다.
건너편 천인암 위에 앉아있는 도솔암 내원궁을 아직은 내려다볼 수
있는 높이가 아니다. 좀 더 올라야 천마봉에 닿는다.

천마봉의 정상은 널찍하고 평평하다. 도솔암은 물론 기암괴석인
천인암 위에 앉아있는 내원궁도 내려다보인다. 천마봉 바위
위에 엎드려 차가운 바람을 피하며 내원궁과 도솔암을 살피다가
도솔암에 세 번째 왔다는 것을 깨달았다.

1995년 정찬주 선생과 『암자로 가는 길』을 취재하면서 온 것이
첫 번째이고, 그 후 10년쯤 지나 출판사가 바뀌면서 개정판을 낼
때 다시 촬영하러 온 것이 두 번째였다. 두 번째는 다니던 회사를
은퇴한 후 다시 촉탁으로 같은 회사에서 5년 정도 더 근무한
아버지가 촉탁근무까지 막 은퇴한 후였다.

출판사에서 준 취재비를 여비 삼아 아버지와 어머니를
모시고 전국의 암자 촬영을 다닐 때 여기를 들렀다. 두 분 다
크리스천이지만 마다하지 않고 따라나섰다. 내가 산을 오르고
내리는 동안 두 분은 절 구경이나 가까운 동네 구경을 하며 나를
기다렸다. 다른 많은 암자도 함께 다녔는데 유독 도솔암에서
돌아가신 아버지가 생각난 것은 왜일까? 저 멀리 도솔암이
도솔천으로 보여서였을까?

나도 이제 얼마 있지 않으면 아들을 따라나서던 그때 아버지의
나이가 된다. 그런 때가 오면 지금의 내 아들이 나를 데리고
어디를 가자고 할 것인지….

천마봉에서 낙조대로 가는 동안 멀리 서해바다가 보인다.
기암괴석 너머로 보이는 바다는 바람이 부는데도 오늘따라
평온하다. 지나간 것과 멀리 있는 것은 다 하나같이 평온해 보이는
법. 용문굴을 둘러 이제 도솔암 내원궁에 이르렀다. 입구에 있는
규모가 큰 도솔암을 하도솔암, 지금 여기 바위 위에 앉아있는
도솔암 내원궁을 상도솔암이라고 부르기도 한다. 도솔암 내원궁을
받치고 있는 거대한 바위에는 동불암지 마애여래좌상이라는
미륵불이 조각되어 있다.

동불암지 마애여래좌상은 거칠고 투박하다. 마치 주름진 얼굴로
암자 순례를 따라나선 때 아버지처럼 친근한 모습이다. 미래불이
오신다는 미륵신앙을 기초로 한 동불암지 마애여래좌상을 보고
도솔암을 나서 부산으로 오는 내내 비가 내렸다.

나는 부산으로 오는 동안 차 안에서 '아버지 우리 아버지,
아버지 우리 아버지'를 암송했다. 나의 시절도 이제 당시
아버지의 시절로 깊이깊이 들어서고 있다. ๏

도솔암 내원궁

21 변산 내소사

지장암 地藏庵

다 버린 곳, 정갈함으로 풍요를 채운 곳

암자를 돌아보면 살림이 느는 암자가 있고 줄어드는 암자가 있다.
20년 전에 온 암자를 다시 둘러보러 오면 그것을 확연히 느낄 수
있다. 저잣거리의 삶이나 암자의 삶이나 다를 바 없는 것이다.
저잣거리는 한정된 재화를 늘리는 살림이 존재한다면 암자의
삶은 무한한 정신의 보시를 한 곳과 그렇지 못한 곳으로 나뉜다.

오래전 여기 왔을 때는 '보리'도 있었고 '자비'도 있었다.
어느 암자를 가든 비구니스님이 계시는 곳에는 견공이 있는데
오늘은 보이지 않는다. 벌써 이 자리를 뜬 지 오래되었을 것이다.
다시 그들을 보러 온 것으로는 너무 많은 세월이 흘러버렸다.
사람의 세월과 견공의 세월은 죽고사는 것만 같을 뿐 다 가는
때가 있다.

아주 오래전에 여기 왔을 때 한 비구니스님이 홀로 암자를
지키고 있었다. 그러면서 하신 말씀이 잊히지 않는다.
아버지도 스님이었는데, 그분 말씀이 가부좌를 틀고 일주일만
공부하면 적어도 견성은 할 수 있다는 것이었다. 더 나아가는
사람도 있지만 적어도 견성은 누구나 가능하다는 말씀이었다.
나는 그 이야기를 들은 이후 불교에 대한 생각이 많이 바뀌었다.
누구나 견성하고 부처가 될 수 있다고 말하지만, 일주일이라고
하는 시간의 경계를 둔 것에 솔깃했다.

이것이야말로 발심을 가능하게 하는 동기부여다.
윤회를 수도 없이 해 이 땅에 다시 오신 분이어야만 부처가 된다고
하면, 나 같은 잡인은 벌써부터 지레 겁을 먹고 공부를 때려치울

것이다. 적어도 나라면 그렇다. 그러나 일주일 만에 부처의 실체를
만날 수 있다는 말은 초발심을 일으키는 동기부여에 이보다 더 좋은
치사는 없을 것이다.

윤회가 있다고 하지만, 한 생에 다 끝내지 못할 공부일지언정 생을
거듭해 공부하겠다는 발심을 내는 것은 여간 어려운 일이 아닐
것이다. 그럼에도 공부하는 스님들이 있지만, 일주일이면 부처님의
발바닥 정도는 만질 수 있다는 말이 얼마나 힘이 되는가?

지장암을 한마디로 표현하라고 하면 '예쁘다'쯤 된다. 앉은 자리가
다소곳하고 좌우 치우침이 없다. 거창하지 않고 소박하면서도
함부로 범접할 수 없는 정돈이 있다. 꽃이 있고 나무가 있고
정갈함이 있다. 비구니스님의 삶터가 가지는 아름다움이다. 거기다
장 담는 항아리 숫자가 비구스님의 암자와는 다르다. 그러면서
칼칼하다.

비구스님의 암자가 호방한 가운데 단호함이 있다면 비구니스님의
암자는 정결과 단아함으로 간결하다. 단숨에 밟을 수 없는 품격이
있다. 경내로 들어서는 한 발 한 발이 조심스럽다. 인기척도 죽이고
숨소리도 죽이고 들어가야 한다. 그런 지장암에서 만난 것은 이른
봄이었다. 나무도 풀도 다 숨을 죽이고 때를 기다리고 있었다.
깊은 숨이 막 터질 때 본 지장암이었다.

먹물 옷을 입은 처사 한 분과 비구니스님 한 분이 물을 머금은
나무와 꽃에 거름을 덮어주고 있었다. 말도 한번 붙일 새 없이

부지런히 한 해의 정성을 다하더니 둘 다 어디론가 사라져버렸다.
하염없이 지장암의 사진을 찍으며 그분들을 기다렸지만 끝내
나타나지 않았다. 겨울이 사라지듯.

세월이 지나면 모든 것은 변한다. 변하면서 세월이 바뀐다.
그러나 암자는 변해도 바뀌지 않는 것이 있다. 단정하든
정갈하든 삶을 줄이는 것이다. 버릴 것이 없는 곳. 다 버린 곳.
더 이상 덜어낼 것이 없는 곳. 이쯤 되어야 암자다.

멀리 부산에서 내소사 지장암을 찾아와서 본 것이 이것이다.
멀리 전생을 넘어 현생의 인연으로 다시 만난 곳이 이곳이다.
아무것도 없지만 풍요로운 곳. 정갈함으로 풍요를 채운 곳.
암자를 찾는 이유가 바로 이것 아니겠는가?

버려야 할 것과 함께 사는 것이 우리 현대인의 삶이다.
집 안의 곳곳이 짐이다. 없어도 좋을 짐으로 가득하다. 그러면서
그 물건과의 인연 때문에 버리지를 못한다. 한 해는 물론 평생
쓰고도 남을 물건을 쌓아놓고 산다. 그렇지만 평생 쓰지 않는다.
그러면서 그것을 버리지 못한다. 버리기보다 집을 늘리는 삶의
형태가 지금의 우리다. 버리라고 하는 것은 물건이 아니라
물건과의 인연이다. 이것을 깨닫게 해주는 것이 바로 지장암이다.

나 어느 날 카메라도 버리고 남은 한 자루의 펜도 버리고 더 버릴 것이
없을 때, 봄나무와 봄꽃의 거름이 되듯 그렇게 사라질 것이다. ◉

지장암 꽃밭

서산 연암산

22 천장암 天藏庵

절집의 보물은 금은보화가 아니라
설화로 남는다

공사 중인 천장암

대단한 곳을 가는 길은 대단해야 하는 법이라고 사람들은 생각한다. 그런데 실로 대단한 곳을 가는 길은 그렇지가 않다. 부처님이 공부했다는 전정각산도 그랬고 보리수나무 아래서 득도했다는 부다가야도 그랬다. 수자타의 우유죽을 얻어 마신 마른 니란자나 강도 지치고 피곤해 보이기는 마찬가지였다. 세상 어디나 고만고만한 곳에서 불가사의한 일이 벌어진 것이다. 설화나 신화가 아니라면 말 그대로 누구라도 그냥 지나칠 곳들뿐이다.

천장암 가는 길도 그랬다. 한국 최고의 선불교의 중흥조인 경허 스님이 보림(保任: 깨달은 이후의 수행)한 곳이라고 했지만, 저잣거리의 골목집을 돌아 마치 낡고 오래된 친구의 집을 찾아가는 양 그저 그랬다. 흥미진진할 것도 없고 그렇다고 대단할 것도 하나 없었다. 논과 밭 사이로 사람들이 사는 집으로 골목길로 나무와 나무 사이로 밭과 밭 사이로 그렇게 오르다보면 천장암이 나타난다. 세상의 모든 보물은 신비하고 먼 곳에 있다고만 생각하는 사람들에게는, 천장암은 그렇게 시큰둥한 곳이다. 그리고 거기에 보물은 금은보화가 아니라 설화로 남아있다. 우리는 한 쪼가리의 말을 듣고 우주의 진리를 찾아가는 무리인 것이다.

경허 스님 이야기는 작고한 소설가 최인호 선생의 『길 없는 길』을 통해서 너무나 잘 알려져있다. 내가 알기로 최인호 선생은 가톨릭 신자였다. 그런데도 불교 이야기를 이렇게 재미나고 깊이 있게 쓴 것을 보면, 하나를 진중하게 맞이하면 다른 것도 그런 깊이로 마주하게 되는가보다.

삶을 마주하는 자세가 가톨릭 신자나 스님이나 뭐 그리 별반 다를
것이 있겠는가? 올 것이 오면 오는 대로 가면 가는 대로, 그것이
인연이거니 신의 뜻이거니 받아들이는 자세가 자신을 버리고
대아를 깨닫고 수용하는 것 아니겠는가. 최인호 선생이 절집에서
스님의 생활을 직접 보면서, 상당히 흥미진진해 하는 자신을
발견하게 되었다는 글귀를 읽은 기억이 어렴풋하다.

최인호 선생의 글에서 경허 스님의 오도송(悟道頌) 냄새가 났다면
과장일까. 무릇 세상의 참은 그대로 순리이니 그것을 거스르고자
하는 한 생각만 버리면 그대로 온전한 것을. 우리는 어리석게도
머릿속을 헤매고 돌아다니느라 정작 가야 할 곳을 제대로 가리키지
못하는 법.

> 문득 콧구멍 없는 소라는 말을 듣고
> 삼천대천세계가 내 집임을 몰록 깨달았네.
> 유월 연암산 아랫길에서
> 나 일없이 태평가를 부르네.
> - 경허 스님의 오도송

문득 '콧구멍 없는 소'라는 말을 듣자 삼천대천세계가 내 집이라는
것을 몰록 깨달았다고 하니, 이처럼 말 그대로의 오도송이 어디
있으랴. 삼천대천세계가 내 집이니 마땅히 사람이 할 노릇이라면
어디선들 태평가가 아니 나올쏘냐. 거기가 유월의 연암산
아랫길이면 어떠며 윗길인들 어떠랴. 한겨울 동지섣달 그믐날의
천 리 길인들 그 모두 내 집이 아니더냐.

천장암과 경허 스님을 떼려야 뗄 수 없듯이 경허 스님과 가톨릭
신자였던 최인호 선생 또한 떼려야 뗄 수 없다. 『길 없는 길』이라는
한 편의 소설로 하느님과 부처님이 만나 하나가 되는 경계를
이루었다. 나는 거기에는 미치지 못하지만 나름 천장암과 인연이
있다. 경허 스님이 보림했던 방은 장정 하나가 누우면 좌우로
그다지 여유가 없는 정도의 공간이다. 길이로 장정 하나가 누울
수는 있지만 좌우로 뒤척이기는 쉽지 않을 크기다.

아주 오래전 천장암에 처음 온 것은 한겨울이었다. 눈이 하얗게
쌓여 온 천지가 희기만 한데 경허 스님이 예전에 보림했던 방의
문이 잘 열리지 않았다. 인기척을 했지만 사람 있는 느낌이 없었다.
문이 열리지 않아 돌아서려는데, 문이 벌컥 열리며 나온 젊은
스님이 나를 매섭게 쳐다보았다.

그리고 나를 따라오며 사진을 찍지 말라는 것이었다.
그때 나는 스님에게 사진을 찍어야 할 이유가 있다고 하면서,
사진을 찍으면 안 되는 이유를 스님이 대면 안 찍겠다고 말했다.
스님은 이유를 대지 못하고 그날 내내 내 뒤를 따라다니며
사진을 찍지 말라고만 했다.

이제는 그 스님도 중년의 나이가 되었을 것이다. 아들이자 아비이고
남편인 필부도 사진을 찍어야 하는 이유를 아는데, 지금의 그
스님은 내가 사진을 찍으면 안 되는 이유를 하나라도 댈 수 있을까?

천장암의 보물은 설화라고 했다. 혹여 사람들이 잘못 전할까 돌의

한 면에다 이렇게 새겨두었다. 여기 그 전문을 옮겨 한 글자도
더하거나 빼지 못하게 나름 일조하고 싶다.

경허 대선사께서 처음 공부하실 때 든 화두

영운지근 선사에게 어떤 스님이 "어떤 것이 불법
대의입니까?" 물으시니, 영운 선사가 "나귀의 일이 끝나지도
않았는데 말 일이 돌아왔느니라(驢事未去 馬事到來)"라고 한
법문에 의심이 일어나서 경허 대선사께서는 이 화두의
알음알이를 내지 못함이 마치 은산철벽에 탁 부딪침과
같음이라 곧 '이 무슨 도리인고?' 하는 의심이 되어 산에
돌아와 드디어 대중을 흩어 말하기를 "그대들은 인연 따라
좋은 데로 가거라. 나는 여기에 있지 않겠으니 나와 서로
잊어버리기를 원하노라." 하였다.
이로부터 문을 닫아걸고 단정히 앉아 오로지 밤을 새워
정진하는데 졸음이 방해되므로 날카로운 송곳으로 살가죽을
찌르고, 칼을 갈아 턱을 바짝 대고 정진하였다.
이와 같이 하기를 3개월이 지나 살피는 화두가 순일하여
혼잡하지 않고 일정하게 되어져 가던 어느 날 한 사미승이
소의 고삐를 뚫을 구멍이 없다는 말에 화상의 안목이 열려
활연대오하였다(1879년 기묘년).
그 다음 해 경진년(1880년) 봄, 이곳 연암산 천장암으로 옮겨
18년간 주석하셨던 오도 보림처.

-'경허 어록'에서

돌의 다른 쪽에는 스님의 열반송이 새겨져있다.

열반송

"마음 달 홀로 둥굴어 그 빛 만상을 삼켰구나.
빛과 경계 다 공하거늘 다시 이 무슨 물건인고?"

원상을 그려 놓으시고 붓을 던져버린 후 우측으로 누우시고
암연히 천화(遷化)하시니 임자년 음 4월 25일이었다.
우리들(혜월, 만공)이 예를 갖추어 장례를 올리니 저 산엔 해가
솟고 있었다.
다시 이 무슨 물건인고? _⊙

294

경허 스님 영정

천장암의 나를 치는 자리

평창 오대산

23 북대 미륵암 北臺 彌勒庵

또 다른 세상의 행복

멀리 보이는 북대 미륵암

암자마다 인연이 따로 있는 듯하다. 다시 가고 싶은 암자는
뭔가 마음의 짐을 진 곳이다. 갚을 것이 있는 암자는 반드시
다시 가게 된다. 못 갚게 되면 내생에 갚을 것이라는 생각을 하지만,
이 세상에 온 이상 다 갚고 가고 싶다고 생각하는 한 다시 가게 된다.
현생을 내생으로 미루지 말기. 이게 공부 아닐까.

북대 미륵암은 이미 20년 전에 한 번 간 적이 있다. 겨울이었다.
스님도 안 계신 암자에 밤색 대야 혼자 물을 받고 있었다.
물이 아주 희미하게 떨어지는 것을 보아 귀한 줄 알았어야 하는데,
철없던 나는 그 물을 벌컥벌컥 마시고 손발을 씻으며 작은 대야의
물을 반 이상 써버렸다. '물이 다시 차려면 한참을 기다려야
하는구나.' 이미 물은 써버렸고 깨달은 것은 물이 방울방울
떨어지는 것을 본 후였다.

북대 미륵암에서 내려오는 길은 멀었다. 올라갈 때는 사진을 찍을
요량으로 눈길인데도 거침없이 올라갔지만, 내려오는 길은 눈길에
발이 푹푹 빠지며 멀고 힘들었다. 산을 다 내려오기 전에 해가 졌다.

암자에 가려고 산을 오르기 시작할 때, 한 발 오르면 눈길은
나를 서너 발 뒤로 밀어냈다. 아이젠 파는 곳으로 다시 내려갔다.
아이젠 가격은 6천 원. 얼기설기 아이젠의 고무 고정대를 신발에
끼고 다시 산으로 향하니, 발이 눈길을 꽉꽉 깨물듯 힘차고
수월하게 오를 수 있었다. 지금까지 살면서 가장 가치 있게 써본
6천 원이었다.

그렇게 오른 산길이 내려올 때는 멀고 무서운 길로 변했다.
겨울 해가 진 아무도 없는 산길은 이유도 없이 그냥 무서웠다.
멀리 불빛이 보일 때는 안심이 되었다가 불빛이 사라지면
또 두려움이 엄습해왔다. 불교에 문외한이던 나는 아는
불교 경전도 없어 그저 주기도문만 줄창 외우며 내려왔다.

그때의 기억을 더듬어 다시 올라간 북대 미륵암은 이전과는
완전히 다른 모습이었다. 발가벗은 겨울 숲 사이로 보이는 암자의
위상부터가 달랐다. 20여 년 전 기울어져가는 듯한 몸을 겨우
바람에 지탱하듯 서있던 암자는 보이지 않고, 아직 단청을 입히지
않은 기와건물이 겨울나무 사이로 늠름하게 보였다.

이전의 암자가 아닌가 하고 가까이 가면 갈수록 이진의 모습은
찾아볼 수 없었다. 크지는 않지만 거창하게 현대식으로 지은 건물이
보였다. 외벽은 검은 돌로 지어졌고 조금 전 겨울나무 숲속으로
보이던 건물 뒤로 멀리 홀로 서있는 건물이었다.

새로 지은 건물 앞에는 눈이 아직 제법 남아있었다. 아이젠을 한
신발을 벗으려니 새로 지은 돌집 마당이 깨끗해서, 차마 올라서지
못하고 걸터앉아 아이젠을 벗었다. 그때가 마침 점심 공양시간.
건물 안에서 나를 보고 있던 공양주보살이 내 행동이 기특해
보였는지 문을 열고 얼른 들어와서 공양을 하란다.

북대 미륵암에 다시 온 것은 이전에 물을 쓴 마음의 빚도 있었지만
한 친구가 훌륭한 스님이 계신다고 일러줬기 때문이었다.

법명이 '덕행'이라는 스님을 지리산의 모 암자 스님과 비교하며
가보라고 했다. 어디를 가나 그 분야의 최고를 만나고 싶은 것은
사람의 욕망. 공양을 하다보니 회색 털모자를 쓴 젊은 스님 한
분이 저쪽 자리에 앉아있는데, 인터넷에서 검색한 분과 사뭇 다른
모습이었다.

공양주보살이 숭늉을 가지고 왔을 때 작은 소리로 "여기 덕행
스님이라고 계신다고 해서 왔는데 오늘 안 계십니까?"라고 물었다.
공양주보살은 웃음을 참으며 저쪽 자리에서 공양하는 스님을
가리켰다. 스님에게 가서 인터넷에서 찾은 사진을 보여주며,
이 스님을 찾아왔는데 덕행 스님 맞으시냐고 물었다.
스님이 껄껄 웃으며 차 한 잔 대접할 테니 방으로 가잔다.

녹차도 우리고 보이차도 맛보이더니 뭔 차를 좋아하냐고 묻는다.
스님 손에 커피 한 잔 얻어먹고 싶다고 했더니, 커피를 내리는
모습이 완전 거침없는 바리스타다. 커피가 맑다. 차는 모르겠고
커피는 커피 자체의 무거운 맛을 지닌 채 가볍든지 해야 하는데,
커피를 마치 차 달이듯 맑게 내린 것이다. 스님이 커피 맛이
어떠냐고 물었다. 나는 "스님 사진 한 장 찍어도 될까요?"라고
물었다. 이것으로 커피 맛에 대한 의견은 피장파장으로 끝났다.

거참, 덕행 스님 입담 좋았다. 차를 우리고 따르며 세상 살면서
한 번도 들어보지 못한 말씀을 해준다. 잠을 안 자는 수행을
여러 번 했는데, 한번 하면 삼칠일(21일) 연속으로 해야 한단다.
삼칠일 동안 한숨도 안 자고 해야 한다는데, 네 번이나 했단다. 그

수행법을 무엇이라고 하느냐 물으니 그저 '용맹정진'이라고 하시네.

당신은 네 번째 수행을 마치고 나니 정말 잠이 안 오더라는 것이다.
그래서 4일째 잠을 안 자도 몸에 무리가 없고 정신이 맑았는데,
주위 스님들이 몸 상한다고 걱정하며 하도 자라고 권유해서
잠을 잤더란다. 그렇게 이틀을 내리자고는 수마를 조복 받지
못했다는 이야기를 마치 친구에게 하듯 이야기했다.

사람들은 맑은 스님을 보면 따른다. 내가 사는 곳은 부산이고
스님이 사는 곳은 멀리 강원도 오대산 북대 미륵암이다.
이 글을 쓰기 전에 스님 이야기를 써도 좋겠느냐고 문자를 드렸다.
그랬더니 전화가 와서는 써도 좋다는 것이다. 그러면서 다시
용맹정진에 대해 묻자 거침없이 그때 이야기를 반복해준다.

다섯 번째 용맹정진에서는 수마를 꼭 조복 받기를 바란다.
직장이 없는 필부인 나로서는 남들이 서둘러 출근하는 시간에
따뜻한 이불 속에서 뭉그적거리는 것이 행복인 줄 알았는데,
수마를 조복 받는 것이 또 다른 세상의 행복일 수도 있다니.
북대 미륵암의 인연 빚은 스님이 수마를 조복 받기를
응원함으로써 갚는 것으로 해주시길….

그런데요 스님, 그 커피, 바디감 없이 너무 맑기만 해요! _◉

북대 미륵암 후경

눈 치우는 북대 미륵암 암주스님

한 발은 빛을,
또 한 발은 그림자를 밟으며

두타산 산행길

두타산 삼화사 입구에 차를 대었을 때 해는 이미 뉘엿뉘엿 넘어가고 있었다. 서둘러 채비를 하고 산길로 들어서는데 해가 지고 말았다. 그믐날인지 달도 없어 겨우 별빛에 의지해 산을 올랐다.

손전등으로 앞을 추스르며 산을 올라가는 중간쯤, 갑자기 두려움이 몰려오기 시작했다. 무섭거나 두려운 생각은 애초 일어나지 않으면 별 문제가 아니지만 일어나기 시작하면 꼬리에 꼬리를 물고 무서운 생각만 든다. 손전등을 앞뒤로 흔들면 흔들수록 나무들이 기이한 모습으로 보였다 안 보였다를 반복했다. 잘 보이던 길도 갑자기 사라졌다 나타나고 나타났다가는 사라져버리곤 했다.

암자 취재를 시작한 지 얼마 되지 않았고 불교의 짧은 경전 하나도 제대로 아는 것이 없던 시절, 놀란 가슴을 잠재우려고 암송한 것은 주기도문이었다. 가을이 깊어가는 산은 해가 떨어지자 어느덧 한기가 돌기 시작했다. 나는 '하늘에 계신 우리 아버지'를 시작으로 '대개 나라와 권세와 영광이 하나님에 영원히 있사옵니다. 아멘.'까지 수도 없이 반복하며 달빛 없는 산길을 더듬어 올랐다.

주기도문 덕분인지 정신을 딴 곳으로 돌린 탓인지 두려움과 무서움이 한결 가라앉을 즈음 산모퉁이를 돌자 암자가 나타났다. 이미 연락을 해둔 덕에 스님께서 반겨 맞아주었다. 그날은 따뜻한 방에서 하룻밤을 얻어자고 다음 날 암자를 둘러본 후 안전하게 산을 내려올 수 있었다. 이것이 두타산 삼화사 관음암과의 첫 만남이었다.

그때 관음암을 지키던 스님은 이후 부산 근처의 암자로 왔다가
다시 전라도 곡성 근처로 자리를 옮겼다는 이야기를 전해 들었다.
요즘은 암자를 지키기보다는 유유자적 홀로 삶을 즐긴다고 한다.
스님은 혹시 나를 잊었을 수는 있어도, 그날 밤 암자를 오르면서
주기도문으로 두려움을 떨쳤다는 이야기는 여전히 기억할 것이다.

이번에 다시 관음암을 찾았다. 역시 강원도 길은 멀었다.
서둘렀음에도 도착했을 때는 역시 해가 뉘엿뉘엿 지고 있었다.
사하촌에 짐을 풀고 밖으로 나오자 꽤 많은 식당이 이미 문을
닫았다. 한 곳을 찾아가서 저녁식사가 되냐고 물으니, 흔쾌히
들어오라는 목소리가 적어도 칠순 무렵. 허리는 굽었어도
눈이 맑고 청량하다.

김치찌개에 밥도 먹고 소주 한 잔을 하고 싶으니 돼지고기를
듬성듬성 만 원어치 더 썰어 넣어달라고 주문했다. 강소주를
기울이는 동안 구수한 냄새가 진동했다. 가지고 온 김치찌개에는
김치가 반, 돼지고기가 반. '거 참, 푸짐하네.' 감사한 마음에
돈 계산을 먼저 하려고 했더니 고기값은 더 받지 않고 1인분
김치찌개값만 받는다. 더불어 밥을 더 먹으라는 말까지 잊지 않고.
이것이 두타산 삼화사 관음암의 두 번째 인연이다.

여관에서 하룻밤 신세를 지고 산을 올랐다. 삼화사에서 뭔가
큰 행사를 준비하는 모양이다. 이름하여 '삼화사 국행수륙대재'
봉행이란다. 국행수륙대재는 조선 태조 4년 삼화사에서 처음
시작되었다. 조선 왕실 주관으로 고려의 마지막 왕과 왕족의

극락왕생을 기원하고, 우주 공간의 모든 갈등 구조를 소통시켜 국태민안과 사회 통합을 이루기 위해 두타산 삼화사에서 매년 가을에 설행한다.

행사를 둘러보고 싶었지만 산을 오르는 것이 먼저. 산을 오르는 내내 삼화사에서 들려오는 법고와 범패 소리가 끊이지 않는다. 이전에 밤에 올랐던 산과는 달리 날은 청명하고 멀리까지 먼지 한 점 없이 세상이 맑다. 가을 길목에 선 산은 마지막 푸르름을 더하고 온 세상이 푸르다 못해 짙푸르다. 무릉계곡의 사람들 떠드는 소리는 계절 따라 가버렸지만 이제 나무들이 옷 벗을 준비를 하며 수군거리는 소리가 천둥소리 같다.

햇살은 그렇게 온 산에서 반짝이며 천둥소리를 내며 깨어지고 있었다. 관음암으로 가는 산길에 한 발은 빛을 또 한 발은 그림자를 밟으며 오르도록 푸른 햇살이 나무 사이로 쉼 없이 쏟아졌다. 멀리 삼화사 국행수륙대재의 북소리와 범패 소리에 가을 국화가 흔들리며 나를 맞아줄 때, 나도 가을도 어느새 관음암 마당 앞에 당도해있었다.

그 옛날 암자를 지키던 스님의 모습은 간 곳이 없고 가을 햇살만 온 암자에 가득했다. 오늘 암주스님도 삼화사 행사장에 가신 듯 암자는 비어 있고, 알록달록한 옷을 입은 등산객이 하나둘 스마트폰으로 암자를 찍고는 시야에서 금세 사라지곤 했다.

코스모스 너머로 보이는 관음암 현판과 마르기 시작하는 나뭇잎

사이로 보이는 돌탑도 한유하게 가을빛을 받고 있었다.
관음암 입구에 있던 샘은 자리를 옮겼는지 보이지 않고,
그 자리에 얼기설기 나무다리가 새롭게 놓였다. 두타산을 오르기
전 최인희 시인의 시비에서 본 '낙조'가 관음전 앞마당에서
코스모스처럼 흔들렸다.

소복이 산마루에는 햇빛만 솟아오른 듯이
솔들의 푸른 빛이 잠자고 있다

골 따라 산길 더듬어 오르면
나와 더불어 벗할 친구도 없고

묵중히 서서 세월 지키는 느티나무랑
운무도 서렸다 녹아진 바위의 아래위로
은은히 흔들며
새어오는 범종소리

백석이 씻겨가는 시낼랑 뒤로 흘려보내고
고개 너머 낡은 단청
산문은 트였는데

천년 묵은 기왓장도
푸르른 채 어둡나니 _⊙

가을보다 먼저 온 관음암 코스모스

창을 햇살을 이고 있을 이름암

속초 신흥사

25 계조암 繼祖庵

이 땅 최고의 조사들이
줄을 서서 공부한 곳

계조암 바위

설악산 흔들바위에는 작년 가을에 갔다. 그런데 오늘 사진을 열고
글을 쓴다. 오늘은 남북 정상회담을 하는 날이다. 가슴이 싸하고
울렁인다. 이런 것은 부모 형제에게서나 느끼는 가슴앓이인데
오늘 그런 것을 느낀다. 우리는 그냥 같은 민족이라는 입 발린
소리가 아니라, 육체적이고 물리적인 것뿐 아니라 인연과 정신의
피도 같은 것이 흐르기 때문일 것이다.

이 감동이 그저 정치적 이벤트로 끝나지 않고 우리 민족의 미래를
밝히는 횃불로 높이 치켜지기 바란다. 머지않아 북쪽의 암자도
취재할 수 있기를! 하나의 빛을 바라보는 하나의 민족이 되기를
진심으로 바란다.

암자를 가는 길이 다 그렇듯, 하나의 길에 하나의 암자만 있는
것이 아니다. 암자로 가는 길 중간에 다른 암자도 만난다.
기대하고 만나는 암자도 있지만 전혀 기대하지 않았는데 생각보다
마음을 흔드는 암자가 있다. 계조암 가는 길 초입에서 만난
내원암이 그랬다.

길가에 장정 허리춤을 조금 넘을까? 내원암이라고 초서를 새긴
뾰족한 돌이 하나 서있다. 돌의 생김이나 돌에 새겨진 초서나
그다지 내세울 것이 없다. 비라도 온 뒤라면 비에 촉촉이 젖은
가무잡잡한 돌 하나가 길가에 서 있는 것처럼 보일 것이다.
그 옆에 시멘트 블록으로 지어 한 평이나 될까, 짙은 밤색
페인트칠을 한 나무 창문 위로 모자를 약간 틀어 쓰듯 한
기와지붕이 보인다.

'보다'와 '보이다'는 다르다. '보다'는 의식적 행위이고 '보이다'는
의식과 상관없이 시선 안으로 들어오는 것을 말한다.
그런데 시선에 들어온 것을 느끼거나 말거나 하는 것은
시선 안에 상을 맺은 사람의 몫이다. 같은 파동이 있어야,
보이던 상이 보는 상이 되는 것이다.

내원암 입구의 안내석도 그렇고 그 옆의 작은 집도 그렇다.
보게 되는 것이 아니라 보이는 것이 우선이다. 그럼 자연스레
창 안을 들여다보게 된다. 거기 유리창 안에는 낯익은 보살이
한 분 계신다. 어디서 많이 본 듯한 보살이다.
그러나 아무리 기억을 더듬어도 내 주위 실존 인물이 아니다.
그래서 불가사의한 얼굴이다.

천박한 듯 고귀한 듯 극과 극의 얼굴을 한 얼굴에 동시에 가진
보살을 만나기란 쉽지 않다. 후덕한 듯 박복한 듯 말을 붙이기
어렵다가도 말만 걸면 헤픈 웃음을 날려줄 것 같기만 한 저잣거리
창부의 모습 같기도 하지만, 한편으로는 옷깃을 여민 모습이
성모 마리아의 단정함도 두루 갖추고 있다. 가장 낮은 곳에서 만난
가장 고귀한 모습을 내원암 입구에서 친견하게 된 것이다.

보살이 나를 위해 울어주기보다 내가 보살을 위해 울어주고 싶은,
그런 보살을 만난 적이 있는가? 내가 원하기만 하고 구하기만 하고
달라고만 한 보살만 보았지 주고 싶고 덮어주고 싶고 대신 울어주고
싶은 보살을 본 적이 있는가? 계조암 가는 길 초입 한편 아무도
시선을 주지 않는 곳에 가보라. 거기 세상의 보살이 한 분 계시거늘,

반드시 세상의 보살을 친견하시려거든 그분을 뵙고 천상과 천하의
보살을 논하라.

계조암 내력의 재미는 여러 가지 있지만 그중 으뜸은 역시
흔들바위다. 이름이 흔들바위이니 흔들려야 하는데 혼자 힘으로는
꿈쩍도 없다. 그렇다고 장정 여럿이 붙어 흔든다고 흔들리는가?
흔들바위 옆에서 꽤 오랫동안 사람들이 들락거리며 흔들바위
미는 것을 보았지만 누구 하나 바위를 흔들지 못했다.

그러고 보니 고등학생 때 설악산으로 수학여행 왔을 때도
여기 들렀고 그때도 친구들과 흔들바위를 밀다가 포기한 기억이
떠올랐다. 흔들바위는 정말 흔들리는 바위? 흔들바위를 실로
흔들어본 사람은 누구? 이 글을 읽는 분 가운데 직접 흔들어본
분 있으면 손들어보시라.

계조암은 조사의 칭호를 받을 만한 승려들이 계보를 이루며 수도한
곳이라 해서 이름 지어졌다. 신라 진덕여왕 6년(652년) 자장 율사가
창건한 후 이곳 석굴에서 머물며 향성사(香城寺: 신흥사)를 창건한
것뿐만 아니라 동산, 각지, 봉정에 이어 의상, 원효 등도 여기서
수도했다. 계조암이라 불릴 만한 특별한 이유가 여기에 있다.

그러니 기도 영발도 특별하겠지만, 신통제일나한석굴 안에 봉안된
부처님과 삼성각에 모신 나한존자상은 그 영험이 큰 것으로 잘
알려져있다. 이 땅 최고의 조사들이 줄을 서서 공부한 곳이니 마땅히
그러하지 않겠는가. 계조암을 둘러보는 중에 가슴에 꽂히는 나한이

330

한 분 계셨다. 돌 위에 앉은 풍모가 옆집 초로의 고깃집 아저씨
같기도 하고, 울산 남창 5일장의 시장통 입구에 있는 콩나물 파는
아저씨 같기도 한 나한이 가슴속을 파고들었다.

가장 낮은 자리에서 비 오면 오는 대로 눈 오면 오는 대로 온전히
다 맞으면서 자리 하나를 지키고 있는 분은 누구를 대신하는
분인가? 사람들은 차마 자신의 시간과 공을 들일 수 없으니 주먹만
한 나한과 부처를 돌 위에 올려놓는다. 그럼 그 부처와 나한이
바위 위에서 삭아 굴러떨어지도록 기도를 드린다.

이 부처와 나한을 바위 위로 밀어 올리는 사람들의 공은 순간이지만
지나가다 그것을 보는 모든 이들에게는 가슴 여미는 기도가 된다.
실로 한 자리에 앉으면 삭아 굴러떨어지도록 지극 정성으로
기도하는 부처와 나한을 어디서 따로 보기가 쉽겠는가. 돌을 깎아
빚든 돌가루 반죽으로 찍어 빚든, 그저 그 모양과 형상이 다하도록
오직 기도뿐인 돌을 본 적이 있는가.

계조암을 올라오는 초입에 만났던 보살, 그리고 계조암 바위
위에서 만나는 보잘 것 없어 보이는 부처님과 나한이 저잣거리에
참 많았으면 좋겠다. 육자배기 욕 속에 삶의 진정한 투사가 있고,
애터지게 목청 높여 흥정하는 고함 속에 생의 고통을 극복하는
환희를 느낄 수 있다. 밀고 당기는 힘겨루기 속에서 죽음도
건너가는 에너지를 느낄 수 있으면 좋겠다. 그래서 이것이 삶이라고
이것이 선이라고 이것이 도라고 이것이 진리라고 이것이 참이라고.
그대로 온전하게, 온전하게! _◉

계조암 가는 길에 만난 저잣거리의 보살님

계조암의 바위 그림

동두천 소요산

26 자재암 自在庵

삶과 죽음 사이, 그리고 사람의 일

자재암 입구

살다보면 도대체 삶이 무엇인지 궁금할 때가 있다. 삶을 다른
말로 바꾸면 이해가 쉬울 텐데, 이 의문이 들면 더욱 어려운 말로
들어가게 된다. 삶이 무엇이냐고 물으면 상대적인 언어인 죽음이
무엇인가를 듣추게 된다. 그런데도 우리는 죽음을 묻지 않고 삶만
묻는다. 상대적인 것은 우리의 이해를 돕는 데 더 없는 도움이 된다.
왜냐하면 삶은 충실한 죽음이기 때문이다. 그것도 충실한 삶을
살 때 얻는 것이다.

지난 목요일 대장암 판정을 받았다. 오늘이 수요일이고 내일이
목요일이니 서울의 전문병원에서 정밀진단을 하게 된 것이 일주일
만이다. 살고 죽고는 인간의 선택이 아니다. 그것은 신의 영역이다.
그리고 우리는 신의 선택을 알 수 없다. 지금 가야 할지 백 년 후에
가야 할지 알 수 없는 것이다. 그럼 우리가 알고 있는 지식의 한도
내에서 사람의 도리를 다하는 것, 이것이 삶이고 인생을 제대로
사는 것이다.

우리는 지금을 산다. 이 현재의 시간이 바로 신의 시간이다.
과거는 이미 정해졌고 미래는 알 수 없다. 우리는 지금을 살고
지금 신과 소통한다. 그리고 신의 소리를 지금 듣는다.
동두천 소요산 자재암은 내게 그런 곳이다.

요즘은 무역이지만 이전에는 무역과 밀수가 반반인 일들이 있었다.
그때 친구가 직거래를 하면 수익이 10퍼센트가 더 나는데,
일본 기업의 수출 담당자를 소개해줄 수 없냐고 부탁해왔다.
나는 그것이 밀수로 연결될지 몰랐다. 세상 순진한 놈은 이래저래

휩쓸리게 마련. 무식이 힘이 되기도 하지만 화근이 되기도 한다.
의리가 가진 이중성이다.

친구는 사업이 잘 진행되었는지 평생 내가 원할 때마다 룸살롱으로
모시겠다고 약속했다. 그런데 나는 룸살롱에 가지 않는다.
그런 일들이 있고 6개월쯤 지났을 때 사고가 터졌다.
모처에서 전화가 와서 월요일 소환이 있겠다고 말했다.
그것도 유선 전화상으로 세 번이나 월요일 소환이 있을
것이라고 했다.

나는 전화를 끊고, 있는 짐 그대로 두고 동두천 소요산 자재암으로
도망왔다. 그때 내 모습을 보고도 스님이 흔쾌히 받아들였다.
우리의 인연이라고는 『암자로 가는 길』 촬영차 왔을 때 한 번
본 것밖에 없었다.

스님들의 촉은 각별한 모양이다. 아무런 말을 하지 않고 며칠
좀 쉬고 싶다고 했는데도 깊은 방을 내줬다. 그곳이 바로 자재암
입구에 있던 백운암이다. 사람은 가끔 템플스테이도 필요하고
가톨릭에서 하는 피정도 필요하다. 그것은 자신의 선택이고 스스로
선택할 수 있을 때 하면 약효가 좋다.

그러나 수사를 피해서 온 도망자에게는 영혼을 위한 템플스테이도
아니고 주님을 만나기 위한 피정도 아니다. 그저 바깥 소리에
귀 기울이며 가슴 졸이는 도망자의 하루하루일 뿐이다.

어느 날 백운암 밖이 소란했다. 가뭇가뭇 들리는 소리는
"그런 사람 없다니께"라는 말과 "그러니까 스님, 없으니까
문 좀 열어보세요"라는 말이었다. 그러더니 뭔가 둔탁한 소리가
났다. 비명과 함께 바깥이 조용해진 한참 후 나를 받아준 스님이
들어왔다. "김 선생, 산 넘어 가셔야겠소."

나는 그대로 또 산을 넘어 도망갔다. 내용을 밝힐 수 없는 일로
자재암과의 인연이 깊다. 모든 일이 잘 풀리고 나는 그 이후에도
자재암을 찾았다. 부산에서 동두천은 멀다. 그래도 반겨주는
스님이 있어 피곤을 느끼지 않고 가게 된다. 그 스님은 지금도
우리 아이들의 이름을 다 외우고 항상 나를 걱정해준다.

다시 자재암을 간다고 하니, 존경하는 정윤배 아우님에게서 연락이
왔다. 함께 하겠노라고. 아우님은 뒤에 오고 나 홀로 먼저 암자를
올랐다. 암자라고 하지만 주차장에서 산보 걸음으로 갈 수 있으니
앞뒤 분간이 없다. 서두르면 다 따라잡을 길이다.

암자에 도달하기 전 윤배 아우가 뒤를 따라왔다. 경내에 들어서자
스님이 꽃밭의 뭔가를 가리켰다. 벌새다. 한참을 벌새의 빠른
날갯짓에 정신줄을 놓았다. 사람도 사는 방법이 가지가지지만
새인지 벌레인지 알 수 없는 것들 또한 살아가는 법이 다 독특하다.
꽃에 앉지도 않고 꿀을 빠는 모습은 신비롭다. 인간이 살아가는
삶의 방식을 넘어 또 다른 세계를 만나는 것이다.
그것이 부처님이어도 좋고 벌새여도 좋다.

342

우리는 자재암에서 요석 공주를 부러워하고 원효 대사를 흠모한다.
그러나 돌아보면 우리가 다 요석 공주고 원효 대사다.
우리가 없이 어떻게 요석과 원효의 이야기가 마땅하겠는가?
요석도 사람 공주이자 원효도 사람 스님이다.
사람을 위한 것이 아니면 암자도 불교도 무엇이겠는가?

내일은 대장암 정밀검사로 아침 일찍 병원에 가야 한다.
초기든 말기든 암은 전이가 무섭다고 하는 말을 들었다.
우리의 삶을 건드릴 수 없는 것이 있다면 그것은 신의 몫으로
남기고, 사람으로서 마땅히 해야 할 일을 우리의 몫으로 추구할
뿐이다.

이것이 부처님 말씀이고 예수님의 말씀이라고 지금의 나로서는
이해한다. 이보다 더한 진리가 있으면 알고 싶다. 자재암 암자의
단풍이 한쪽은 아직 푸르고 한쪽은 붉다. 이게 신의 말씀이자
부처님의 법문이 아니겠는가?

궁금하다면 저기 웃는 듯 우는 듯, 화난 듯 슬픈 듯 돌로 빚은
금강역사에게 물어보시라. _⊙

자재암 얼굴 바위

가을이 찾아온 자재암

산 높아

구름 더욱 깊네

길은 오래전부터

오리에 무중이니

상무주를 찾는 이여

발밑을 보라

상무주 가는 길
上 無 住

© 김홍희, 2018

2018년 9월 20일 초판 1쇄 발행
2018년 10월 22일 초판 2쇄 발행

지은이 김홍희
발행인 박상근(至弘) • 편집인 류지호 • 상무 이영철
책임편집 양동민 • 편집 김선경, 이상근, 주성원, 김재호, 김소영
디자인 쿠담디자인 • 제작 김명환 • 마케팅 허성국, 김대현, 최창호, 양민호 • 관리 윤정안
펴낸 곳 불광출판사 (03150) 서울시 종로구 우정국로 45-13, 3층
        대표전화 02) 420-3200 편집부 02) 420-3300 팩시밀리 02) 420-3400
        출판등록 제300-2009-130호(1979. 10. 10.)

ISBN 978-89-7479-450-7 (03810)

값 19,800원

이 도서의 국립중앙도서관 출판예정도서목록(CIP)은
서지정보유통지원시스템 홈페이지(http://seoji.nl.go.kr)와
국가자료공동목록시스템(http://www.nl.go.kr/kolisnet)에서 이용하실 수 있습니다.
(CIP제어번호: CIP2018028372)